I0732986

UNA VACANZA SPECIALE

UN ROMANZO DELLA SERIE "MANIPOLARE IL SISTEMA"

Brenna Aubrey

Traduzione: Mirella Banfi

SILVER GRIFFON ASSOCIATES
ORANGE, CA, USA

Copertina: ©Sarah Hansen, Okay Creations
Foto di copertina: © Lindee Robinson Photography
Modelli: Elena Filip e Marcus Filip

ISBN 978-1-940951-29-4
Silver Griffon Associates
P.O. Box 7383
Orange, CA 92863
www.BrennaAubrey.it

Dedicato a una cara amica di lunga data, Sabrina. Mi hai virtualmente tenuta per mano mentre scrivevo A ogni costo e ci sei sempre anche ora.

"Un buon amico è come un quadrifoglio: difficile da trovare ed è una fortuna averlo" proverbio irlandese..

RICONOSCIMENTI

Un libro non è mai creato nel vuoto e miei, di solito, coinvolgono una quantità di parti mobili. Durante un anno eccezionalmente difficile e faticoso per tutti noi, sono estremamente grata a tutti quelli che hanno avuto un ruolo nel completare Una vacanza speciale.

Tantissima gratitudine alle mie prime e intrepide lettrici, Kate McKinley e Sabrina Darby, che non si sono lamentate una sola volta quando mandavo loro bozze molto preliminari e brutte. Le leggevano, ridevano e mi incoraggiavano nonostante tutti i refusi, gli errori, i buchi nella storia. Mi spingete costantemente a rendere migliore un libro e lo fate così bene. Vi voglio bene, signore! Mille grazie a Dayna Hart, una nuova aggiunta alla squadra, che mi ha aiutato a dare gli ultimi tocchi al prodotto finito.
Per la meravigliosa copertina: Sarah Hansen della Okay Creations, Lindee Robinson della Lindee Robinson Photography e le controfigure di Adam & Mia, la coppia vera: Marcus e Elena Filip.

Per il Gruppo Brenna Aubrey e ai lettori che gli danno vita. Mi meravigliano sempre queste persone che si sostengono e si prendono cura l'una dell'altra, restando in contatto attraverso il loro amore per i miei libri. Grazie per aver condiviso le risate e le lacrime e anche solo perché ci siete. Tutto il mio amore a Kelly Allenby, per tante di quelle cose che se dovessi elencarle dovrei scrivere un'altra sezione di riconoscimenti: per la sua gestione del gruppo di lettori, perché contatta loro e coloro che ascoltano gli audiobook, facendosi avanti quando io sono troppo distratta o troppo presa per occuparmi dei social media ecc. ecc. E grazie ai lettori beta che si sono tuffati nel libro. Siete meravigliosi e vi voglio bene.

Per tutti i fedeli lettori della serie "Manipolare il sistema" che sono con me fin da A ogni costo e che sono così affezionati a questi personaggi immaginari che mi gironzolano nella testa: mi rendete possibile continuare a scrivere di loro e non potrei fare a meno di voi. Spero che la continuazione della loro storia sia tutto ciò che speravate. Per la mia famiglia... mio marito, i figli non più così piccoli. So che dovete sopportare tanto, specialmente quando la mamma sparisce per lunghi periodi mentre sta caracollando verso una scadenza. Immagino che, da adolescenti, non sia più un gran sacrificio LOL. Per mia madre, che mi incoraggia instancabilmente e per il suo amore incondizionato: significa moltissimo. Ti voglio bene.

Ho fatto molti lavori nella mia vita da adulta e questo è stato un viaggio fantastico. Sicuramente non il più facile, ma decisamente il migliore.

Chapter Uno
Mia

Come mai quando organizziamo una vacanza per passare un fine settimana rilassandoci lontani da tutti, finiamo per stressarci a morte per prepararla? È così che è stata questa giornata per me: una fettina sottile in mezzo al sandwich di stress che sono i preparativi per le vacanze e l'inizio di una nuova rotazione clinica ospedaliera.

Era la sera di Natale, Adam e io eravamo appena tornati dalla casa di mia madre ad Anza, dopo aver passato qualche giorno con lei e suo marito, Peter, lo zio di Adam. C'erano anche i figli di Peter, William e Britt, con i rispettivi compagni e i nipoti.

La mamma aveva organizzato tranquille feste natalizie in famiglia per tutti noi. Qualche attività: escursioni ed esplorazioni, qualche gita a cavallo con i ragazzi e un mucchio di folli giochi da tavolo.

Sospirai, sistemando una decorazione d'argento luccicante, a forma di stella, sul nostro meraviglioso albero, alto più di tre metri, e che comunque sembrava minuscolo sotto l'altissimo soffitto dell'atrio di casa nostra. Era quasi mezzanotte e non riuscii a fare a meno di prendermi un momento per ammirare il gioco di luci e la sua bellezza scintillante nella stanza silenziosa. Gli ornamenti colorati riflettevano le luci bianche, i nastri rossi e oro contro il morbido verde dell'abete. Chiudendo gli occhi, inspirai il profumo fresco e pulito che mi riportò alla mente le mie escursioni nelle foreste di Idyllwild quand'ero bambina.

All'improvviso, braccia forti e solide mi circondarono la vita e mi tirarono contro un torace ampio e solido. Il profumo dell'albero fu sostituito da quello familiare dell'uomo che amavo. Con gli occhi ancora chiusi, mi rilassai contro di lui mentre si chinava a darmi una beccatina sul collo. Sentii un fremito, come sempre quando Adam mi toccava. Appoggiò la testa sulla mia e aprii gli occhi.

Stava fissando l'albero e tutte le luci scintillanti si riflettevano nei suoi magnifici occhi scuri. «È folle, non abbiamo quasi avuto il tempo di sederci e ammirare il nostro albero. Eccoci qua, appena arrivati a casa e già pronti per partire di nuovo.»

Sospirai. «È il prezzo che paghiamo per essere giovani e motivati, immagino. Grazie al cielo per le feste. Sembrano essere l'unica cosa che riesce a rallentarci. Sono riuscita ad averti quasi tutto per me nelle ultime quarantotto ore.»

«Solo forze al di fuori del nostro controllo possono rallentare persone come noi.»

Ci pensai. Prima di Natale, non ci eravamo quasi visti per tutto il mese. Adam era stato in viaggio per lavoro. Io avevo avuto gli esami finali. Lui aveva passato quasi una settimana lavorando con la sua fondazione di beneficenza per le attività di fine anno e per la stagione... L'elenco non finiva mai.

Mi voltai e gli diedi anch'io una beccatina sulla guancia ruvida di barba. «Forse la gente come noi dovrebbe imparare a rallentare più spesso e godersi quello che ha.»

Adam sorrise e strinse le braccia intorno a me. «Ehi, è stata tua l'idea di passare la settimana, e il nostro primo anniversario, in montagna con i nostri amici.»

«Mmm, vero. Non vediamo praticamente più nemmeno loro. Ma troveremo del tempo da passare da soli. E, ora che hai promesso di tenere il telefono chiuso in cassaforte mentre saremo là, potrò veramente avere una vera conversazione con te che non sia bruscamente interrotta da squilli e vibrazioni.»

«Sì, sì. Dovrai solo evitare di prestare attenzione a tutti gli spasmi e i sintomi da astinenza che dovrò sopportare.»

Adesso Adam scherzava, ma era stato un punto di contrasto tra di noi all'inizio. Lui era stato contento di cedere quando gli avevo promesso di non tenere il naso sepolto nei libri di testo. I compromessi erano una buona cosa, salutare, eppure... Non riuscivo a fare a meno di preoccuparmi per noi due. Anche se era solo un lieve sentore di inquietudine senza alcun fondamento tangibile.

Andammo a dormire alla stessa ora quella sera, una cosa che normalmente non succedeva quasi mai. A volte passavamo il tempo insieme facendo altre cose: guardare la TV, coccolarci, sesso. Ma Adam era raramente il tipo di uomo che poi si voltava sul fianco e si addormentava. Saltava fuori dal letto ed era impaziente di ricominciare a lavorare per almeno qualche altra ora.

Era la cosa più stancante dell'essere sposata con un uomo che raramente dormiva più di cinque ore per notte. Mentre aspettavo che tornasse a letto, leggiucchiavo sul mio tablet, ancora distratta da qualcuna di quelle vaghe preoccupazioni.

Il caso volle che apparisse il link di uno di quegli stupidi quiz di Internet e io, come un'idiota, lo cliccai. Come se fosse una specie di chiromante che potesse rimetterci sulla strada giusta, o anche solo calmare quelle paure lontane.

Quando Adam venne a letto qualche minuto dopo, infilandosi sotto le coperte, stavo giusto rispondendo all'ultima domanda del quiz "Date un voto al vostro matrimonio" su BuzzTea.

«Che c'è di così divertente?» mi chiese Adam, sistemandosi accanto a me.

«Oh, ho solo seguito uno stupido clickbait» dissi ridendo. Non serviva allarmarlo dicendogli che l'avevo effettivamente cercato. Comunque, non significava nulla. Gli mostrai lo schermo del mio tablet. «Ho solo fatto questo quiz e, a quanto pare, il nostro punteggio è abissale. BuzzTea ci dà solo tre anni prima di divorziare.»

Adam non rispose per un bel po', sembrava stesse riflettendo. Poi di colpo, come se avesse finalmente capito ciò che avevo detto, si irrigidì, mettendosi seduto. «Cosa?! Fammi vedere.»

«Non farti salire troppo la pressione. È solo uno di quegli stupidi quiz di Internet.»

Ma Adam aveva già cliccato il pulsante *Ripeti* e ora era seduto a letto, dimenticando le coccole. Rispose in fretta a una domanda dopo l'altra, con i muscoli del corpo che diventavano più tesi e contratti a ogni domanda. «Adam, mettilo via. È una cosa che ha scritto qualche stagista con una scadenza ristretta, cercando roba su Google. Non è...»

«*No*. Nessuno può darci un voto basso. Noi non siamo così.» E, con un gesto teatrale, toccò il tasto "Guardate i vostri risultati", trattenendo il fiato. «Pessima programmazione. Avrei potuto farlo meglio in modo che desse un risultato immediato.»

Io annuii. «Certo.»

«Ascolta, lo farò subito e non ci vorrà nemmeno un'ora per... Ah! Eccolo. Visto, è un...» La voce svanì mentre strizzava gli occhi guardando lo schermo. Il tablet illuminava i suoi lineamenti belli da mozzare il fiato. Non mi stancavo mai di guardarlo, davvero. Okay, magari qualche volta, quando mi dava sui nervi. Ma ultimamente non ci eravamo nemmeno visti abbastanza perché succedesse.

Tristemente, Adam sembrava veramente prendere sul serio quello stupido quiz. Chiaramente aveva bisogno di una distrazione. «Vieni qua. Quella roba è una stronzata.» Mi chinai e gli baciai la tempia, la guancia, il collo e afferrai il bordo del tablet, pronta a toglierglielo di mano. «Non ci hanno dato nemmeno un punto perché il letto prende fuoco quando facciamo sesso.»

«Mmm» rispose Adam, che a quanto pare non mi aveva sentito mentre cliccava alcuni altri link e cercava di riprendere il tablet. Accidenti a lui! Glielo strappai di mano e lo misi sul mio lato del letto, fuori dalla sua portata.

Adam si arrese, ricadendo sopra il cuscino e guardandomi. «Sono solo stronzate» ripetei.

Lui fece spallucce. «Comunque, sono esausto. Penso di aver bisogno di una vacanza per recuperare dal Natale. Ma lo farò dopo aver scritto una durissima lettera di reclamo a chi ha preparato quel quiz.»

Scoppiai a ridere. «Sei un tale nerd. Ma... Tu sei il *mio* nerd sexy.»

Adam si chinò e mi baciò. Adesso sì che andava bene. Gli misi le braccia intorno al collo proprio mentre si tirava indietro. «Ti rendi conto che dovremo alzarci fra quattro ore?»

Feci un respiro profondo, lasciando che si staccasse lentamente. «Okay, hai ragione. Ma una volta che saremo ufficialmente in vacanza, mi aspetto tutto il sesso che potremo fare.»

«Con sette dei nostri amici più intimi nella stessa casa.»

Mi morsi il labbro. «Forse invitare tutti a venire con noi è stata un'idea sciocca?»

Adam mi baciò di nuovo. «Cerchiamo di divertirci più che mai durante questa vacanza.»

«Affare fatto.»

Grazie al cielo, quando mi girai per dormire, Adam tornò ad appoggiarsi alla mia schiena. Chiusi gli occhi e il mio io sognatore quasi addormentato mi afferrò come la marea montante lambisce la sabbia asciutta.

Quella sera eravamo esausti. Era stato un Natale meraviglioso, ma domani saremmo stati sulle montagne innevate a fare cose divertenti. Lo avrei avuto tutto per me, e qualche volta con gli amici, per un'intera settimana. Poi, la sorpresa speciale che avevo organizzato per il nostro primissimo anniversario di matrimonio.

Le cose sarebbero migliorare. Ci saremmo riavvicinati e quei brutti pensieri se ne sarebbero andati una volta per tutte.

Non vedevo l'ora.

CAPITOLO DUE
ADAM

EMILIA PENSAVA CHE AVESSI LASCIATO PERDERE.

Per quanto la riguardava, era così.

Ma quel quiz era un'assoluta stronzata. E la mia missione era dimostrarlo. Mentre andavamo all'aeroporto in auto, per prendere il volo di tre ore per Vancouver, Canada, ero deciso a progettare il mio piano d'attacco.

Lo scopo? Dimostrare che un basso punteggio su qualche stupido quiz di BuzzTea non significava niente e che noi, Emilia e io, coppia sposata da 358 giorni, non solo eravamo meravigliosi, ma eravamo *un successo*.

Quindi beccati questa, BuzzTea. Vedrai.

Passai la maggior parte del viaggio a fare ricerche, liste e a raccogliere le idee. Quali erano le qualità di un matrimonio di successo? Volevo saperlo, anche senza tener conto delle risposte alle domande che ci avrebbero fatto avere un punteggio più alto nel quiz. Perché era importante, accidenti.

Ero il migliore in tutto ciò che facevo. E questo non sarebbe stato diverso.

Durante la fase di ricerca, risposi a parecchi altri quiz. Diciamo solo che questa gente non sapeva un accidente di Emilia o me o del nostro matrimonio. Eravamo molto occupati ultimamente, sì, e avevo dovuto faticare per trovare il tempo di vederci. Io viaggiavo e lei stava frequentando una facoltà particolarmente impegnativa che richiedeva molte ore di studio e rotazioni clinico-ospedaliere.

Quindi il tempo non era dalla nostra parte e forse ultimamente non avevamo fatto sesso quanto lo richiedevano, o meglio, lo raccomandavano. Si deve essere nello stesso fuso orario e CAP perché possa succedere e noi non lo eravamo stati negli ultimi mesi.

Non facevo sesso al telefono. Cosa che, potrei aggiungere, non è assolutamente sesso. È solo masturbarsi con un pubblico.

Scorsi con gli occhi i risultati del quinto questionario. Forse con tutto il nostro *non*-tempo libero avevamo dimenticato di tenerci per mano come facevamo una volta, o come *avremmo dovuto*. Ci eravamo mai tenuti veramente per mano? Era difficile tenersi per mano mentre giocavamo ai videogiochi.

Non che lo stessimo nemmeno più facendo molto insieme.

Aggrottai la fronte.

Forse quel maledetto articolo aveva un senso? Forse eravamo veramente nei guai?

Il mio cuore si mise a correre a quel pensiero e mi voltai a guardare mia moglie mentre dormicchiava accanto al finestrino dell'aereo. Eravamo nella prima fila della prima classe e lei aveva raccolto le lunghe gambe sotto di sé, aveva unito le mani e le stava usando come cuscino per appoggiare la testa. Doveva essere esausta.

Era bella, anche così. Anche con abiti comodi per il viaggio e con un minimo di trucco. Era sempre bella, effettivamente. Le tolsi una ciocca di capelli dal viso e lei aprì lentamente gli occhi.

Ne approfittai, spingendo la spalla verso di lei più che potevo. «Dai, appoggiati alla mia spalla.»

«Mmm» mormorò e si spinse in avanti per appoggiare la testa sulla mia spalla. Ci volle qualche tentativo prima che riuscisse a mettersi comoda. Mi ricordò un gatto schizzinoso che cerca il punto perfetto per sdraiarsi e che finalmente lo trova. Appena lo fece, voltai la testa per sentire il profumo dei suoi capelli e darle un bacio sulla testa.

Poi tornai a lavorare accumulando tutti i dati per mandare il nostro matrimonio in cima alla classifica dei punteggi. *PWN* – avremmo sbaragliato tutti.

Diedi un'altra lunga annusata ai suoi capelli e l'ondata d'amore che mi travolse fu come una droga. Sì, mi colpì direttamente nel sangue. Ovviamente a quel punto ricordai da quanto non facevamo sesso: oltre una settimana. Le nostre vite erano state *così* follemente indaffarate.

E come aveva detto Emilia, avremmo passato del tempo insieme. Mi sarei impegnato a riguadagnare il tempo e le occasioni perdute.

Non vedevo l'ora.

Ma non riuscivo a togliermi di mente quel dannato quiz. Quindi, mentre lei dormiva sulla mia spalla durante il breve volo verso nord, continuai a rimuginare e a fare programmi.

Non avrei avuto il telefono ancora per molto ad aiutarmi nelle ricerche. Avevo promesso a Emilia che lo avrei rinchiuso in cassaforte per una settimana. Il mio staff aveva ricevuto istruzioni di contattare lei e Jordan in caso di emergenza.

Aveva ragione. Quando avevo il telefono in mano, spesso interferiva con lo stare insieme. Noi maniaci del controllo eravamo così. Ma l'avevo già fatto in passato, per periodi di tempo più brevi, ed ero pronto.

Avrei riversato tutte le mie energie su di *noi*, per migliorare il nostro punteggio. Avevo preparato una lista di tutti i modi in cui avremmo corretto la rotta e spaccato il culo a quel quiz sul matrimonio.

Niente di quelle stronzate "finiti in tre anni". No. Noi saremmo invecchiati insieme. Ecco tutto.

***

Due grossi SUV vennero a prenderci all'aeroporto e trasportarono tutti noi nove sulle montagne verso il resort di Whistler, famoso in tutto il mondo, e la villa che avevamo affittato per la nostra settimana di vacanze.

Ci accolse una concierge sorridente, insieme a una ventata di aria talmente fredda che, se prima ero sonnacchioso, mi svegliò di colpo. C'era neve dappertutto e una meravigliosa cornice di montagne formava un bordo frastagliato all'orizzonte. La concierge, Anna, ci informò che era prevista neve fresca praticamente ogni giorno del nostro soggiorno.

Le donne del nostro gruppo si sdilinquirono poeticamente sull'interno lussuoso e confortevole e i panorami magnifici. Jordan, Heath e Lucas furono più impressionati dal bar fornitissimo e il tavolo da biliardo. Qualche minuto dopo, Kat aveva scovato la console in soggiorno e mi maledissi per non aver proibito i videogiochi mentre eravamo lì. Ma sarebbe stato facile quanto affrontare da solo un'orda di nemici durante un raid di alto livello. Dopotutto eravamo quasi tutti videogiocatori.

Forse avrei implementato la regola solo per Emilia e me. Dovevo ammettere che ero piuttosto entusiasta di concentrarmi completamente su di lei. E anche farla gemere per il piacere e ripetere il mio nome il più spesso possibile con quella voce profonda e roca. Sì, lo avrei sicuramente aggiunto alla mia lista. In cima, in fondo e a metà.

E, parlando della mia lista... Mi assicurai, prima che la mia adorabile mogliettina mi confiscasse il telefono per riporlo, di aver trovato il più vicino blocco di carta intestata dell'albergo per copiarla, sotto forma di piano d'azione con tanto di elenco puntato, in modo da averlo sottomano.

Per la fine di quella settimana, saremmo stati in cima alla classifica.

Prendi questa, BuzzTea.

Capitolo Tre
Jordan

QUELLA MATTINA ERO SCESO DALL'AEREO, maledettamente fiero di me, con un segreto in tasca. Un segreto di tre carati e mezzo, per essere precisi.

Sì, stavo correndo un bel rischio portandomi in giro questa cosa nella tasca della giacca. La ragazza era un segugio quando c'erano da scoprire segreti. Diavolo, era riuscita a portare alla luce tutti i miei segreti più profondi e oscuri tanto tempo prima, e speravo si fosse spostata su nuovi terreni di caccia. Perché adesso ne avevo uno bello grosso, che non avrebbe scoperto se tutto fosse andato bene, fino al momento perfetto.

L'unico problema era che non avevo ancora trovato il momento perfetto.

Passata la dogana a Squamish e dopo il percorso in auto per arrivare alla villa a Blackcomb, vicino a Whistler, fummo ricevuti dalla nostra concierge e dal suo assistente, che ci aspettavano con asciugamani caldi e, appena entrati, un vassoio di flûte di champagne.

Mentre recitavano il discorso di benvenuto, chissà quante volte ripetuto, elencando tutte le cose che avevano organizzato per noi, presi attentamente in considerazione i miei prossimi passi. La concierge sembrava una coniglietta delle nevi tirata a lucido, tutta vestita in rosa pallido e lana morbida. Assomigliava al tipo con cui, ai tempi dei miei patetici giorni da single, avrei cominciato a flirtare entro dieci secondi. Adesso guardai, brevemente, senza pensarci due volte. Certo, era carina, ma la *mia* ragazza le eclissava tutte. Tutta un'altra categoria.

Immagino che se l'avessi detto ad alta voce, mi avrebbero preso in giro perché sembravo uno sciocco. Dato che dovevo mantenere una certa reputazione, tenni per me quei pensieri.

Ma mi sarei sicuramente avvalso dei servizi della concierge, non *quei* servizi. Ma poteva aiutarmi nella missione di tornare da questo viaggio con una fidanzata invece di una girlfriend.

April accennava da un po' a quella che pensava dovesse essere la direzione della nostra relazione. E, pur terrorizzato com'ero da quel particolare passo, volevo solo che fosse felice. Già, eccomi qui, Jordan Guy Fawkes, pronto, disposto e in grado di metterle un anello al dito. E avrei fatto del mio meglio per ignorare le urla interiori del libertino riformato.

Perché era ora di far diventare mia per sempre quella donna.

Ed ero deciso a farlo in un modo stupefacente, unico e indimenticabile. Un ricordo che avrebbe assaporato per sempre. Volevo che agitasse le dita alla luce, per mostrare la sua grossa pietra. Volevo sentirla raccontare con una voce sognante, quasi ansimante, come il suo futuro marito si fosse messo su un ginocchio e le avesse infilato l'anello al dito mentre i violini suonavano la nostra canzone e gli uccellini cinguettavano il suo nome.

Accidenti, perfino il pensiero mi faceva palpitare il cuore e sudare la fronte, nonostante la temperatura sottozero lì, sul versante della montagna.

La concierge coniglietta delle nevi e il suo assistente maschio ci guidarono verso l'enorme costruzione, una vera e propria villa con sette camere da letto, una cucina di tipo industriale, un bar self-service completamente attrezzato, stanza del biliardo, stanza dei giochi, biblioteca, sauna e idromassaggio. Ogni camera aveva il suo camino, la TV con un sistema audio stellare, balcone, cabina armadio e bagno annesso. Adam e Mia ci avevano sistemati con stile ed ero debitamente impressionato.

Quella vacanza sarebbe stata il momento perfetto per fare la mia proposta, qui, proprio vicino alla città dov'era cominciata la nostra storia... Più o meno.

La nostra stanza aveva una bella vista sulla valle e il villaggio. *Mozzafiato. Bellissima. Meravigliosa.* La vista? No, il sederino della mia ragazza rivestito di lycra mentre si piegava per controllare i cassetti. Accidenti, dovevo portarla a letto, immediatamente, perché quel completino mi stava facendo diventare più eccitato di un adolescente sotto Adderall con la copia rubata di una rivista pornografica e un flacone di lozione preriscaldata.

«Guarda! Hanno già disfatto le nostre valigie. Che fico! E tutto è sistemato benissimo. Che cosa facciamo per primo? Sci, vasca idromassaggio? Sauna? Questo posto li ha tutti.»

Le rivolsi un sorriso libidinoso. «Sesso bollente?»

«Quello lo facciamo sempre.»

«E allora? Non lo abbiamo mai fatto *qui*. In questa stanza, con questa vista. Immagina, essere premuta contro quella finestra mentre ci diamo da fare.»

«Quella finestra sarà meno cento gradi Kelvin e i miei capezzoli non apprezzerebbero la liofilizzazione. Quindi no.»

Non mi presi la briga di correggerla, dicendole che non esistevano gradi Kelvin negativi. Io lo sapevo, ma non lo avrei mai detto a voce alta. Era una cosa che avrebbero fatto i nerd come Adam o perfino Lucas. Non io. Avrei solo messo in evidenza la mia ossessione per il sedere perfetto della mia ragazza, perché, sì... Era perfetto. Come le sue tette, la vita sottile. Quelle gambe...

Avete capito.

Ma adesso mi stavo domandando... Dove diavolo avrei potuto nascondere la pietra, in un posto in cui April non l'avrebbe trovata? Ispezionai la stanza, cercando un angolo, una fessura che non sarebbe stata così ovvia. Era tutto immacolato lì dentro, linee pulite, arredamento moderno. Minimalista, al contrario delle zone comuni che erano più tradizionali e accoglienti.

Comunque, avrei decisamente dovuto aspettare finché avesse lasciato la stanza per fare la mia mossa. Ma in quel preciso momento, April stava guardando a bocca aperta il superbo panorama fuori dalla finestra. Forse avrei semplicemente dovuto prenderlo, mettermi su un ginocchio e farla finita? Che sollievo sarebbe stato: come togliersi un dente traballante o strappare un cerotto. Immagino che non fossero i paragoni migliori da usare per chiedere alla donna dei miei sogni di diventare mia... uhm... *moglie.*

Cazzo, non riuscivo nemmeno a pensarlo senza incepparmi. Probabilmente avrei dovuto fare un po' di pratica prima di dirlo realmente a voce alta. Ero così contrario all'idea del matrimonio, o era parte del ruolo che avevo adottato tanto tempo prima? Una volta ero stato fidanzato ma ero ancora un ragazzo e non avevo le idee chiare. Non era andata bene, tanto che avevo trovato la mia ex-fidanzata nel suo dormitorio, nuda sotto un pezzo di merda di motociclista, il classico cattivo ragazzo. *In flagrante delicto,* o qualunque sia quel termine latino che significa "proprio mentre si sbattevano come due bestie in calore". *Gesù.*

Avevo imparato, in quel preciso momento, a non fare mai sorprese a una persona. Eppure eccomi qui, che stavo progettando di fare esattamente quello, con un anello su cui lei non aveva mai posato gli occhi.

Qualche settimana prima avevo trascinato Adam in una piccola escursione, dopo un appuntamento a Los Angeles. Non era stato entusiasta di essere trascinato via dal lavoro e perdere tempo con un pazzo. Ed ero esattamente quello che ero. Un fottuto pazzo.

Ma, ehi, era passato oltre un anno da quando mi ero reso conto che April era la ragazza per me, quindi era ora di fare questa... cosa. Saltare dal dirupo urlando *Banzai!* Per poi strillare come una ragazzina spaventata per tutta la discesa.

Adam mi aveva dato quell'occhiata prima di lasciarsi trascinare da Tiffany's a Beverly Hills. «Non so, amico. Perché non lo chiedi a sua madre? È quello che ho fatto io. Kim conosceva i gusti di Emilia molto meglio di me. È la persona più adatta a cui chiedere.»

Mi strofinai il mento e gli diedi un'occhiata di sottecchi. «Niente da fare. Sua madre è... uhm... una psicopatica e non si parlano.» Era tutto ciò che avevo intenzione di rivelargli al riguardo. Cioè, avrei potuto chiamarla "la cougar venuta dall'inferno" ma mi ero trattenuto.

Fortunatamente, nei quasi due anni in cui April e io eravamo stati insieme, la carissima mammina non aveva tentato di infrangere il perimetro difensivo a prova di bomba che avevamo messo in opera: telefoni bloccati, social media bloccati, parenti e conoscenti messi al corrente. Avrebbe potuto tentare di trovare un modo, se avesse voluto, ma non lo aveva fatto.

«Okay.» Adam stava gesticolando, impaziente. «Che ne dici di *tua* madre allora? Le mamme sono molto più adatte di me per queste cose.»

«Mia madre vive a trecento chilometri di distanza e inoltre... Voglio rivelarlo ai miei genitori solo a fatto compiuto. Sai...»

Adam sembrò sorpreso. «Pensavo che i dissidi fossero con tuo padre e che tu fossi in buoni rapporti con tua madre.»

Feci spallucce. «Sì. Ma è meglio così. Preferirei che lo scoprissero entrambi dopo il fatto. In quel modo, la mamma può addolcire il colpo al vecchio. Non che a lui interessi veramente, comunque.»

«A loro April non piace?»

Scoppiai a ridere. «L'adorano, assolutamente, entrambi. Ma il vecchio si comporta come un cazzone da anni con me.»

Adam scosse la testa e rise. «Chi avrebbe immaginato che avresti dovuto pensare a un modo strategico per annunciare il fidanzamento ai tuoi genitori?» Già, beh, lui non aveva genitori, almeno da quanto ne sapessi, solo uno zio che era sposato con la madre di sua moglie, quindi, in effetti non aveva avuto niente di cui preoccuparsi. Immagino che ci fossero dei vantaggi nell'essere orfani, anche se non lo avrei mai detto a Adam, perché, chiaramente, nella sua vita gli svantaggi superavano i vantaggi.

Feci un gesto melodrammatico. «Sto solo dicendo che non è facile come sposare una cugina, come hai fatto tu...»

Lui sbuffò disgustato. «Vuoi o no il mio aiuto, stronzo? Oggi non ho intenzione di sopportare le tue battute sui cugini.»

«Okay, va bene. Fammi solo sapere quando voi due sarete pronti per trasferirvi negli Ozarks per cominciare ad allevare la vostra progenie incestuosa.»

Adam indicò immediatamente un anello. «Prendile una pietra grande. Alle donne piacciono grandi.»

«Beh, c'è tutta quella roba sul taglio e i carati e la purezza e altro che non so.»

«Hai un'idea di quanto vuoi spendere? Prendile la pietra più grande che stia nel tuo budget. Le dimensioni contano quando si tratta di diamanti.»

«Chi vuoi prendere in giro? Le dimensioni contano in tutti i casi.»

Adam mi diede un'occhiata di traverso. «Adesso mi sembri Heath.»

«I gay l'avevano capito secoli fa, amico. Noi etero siamo dei cavernicoli al loro confronto.»

Poi arrivò un commesso e ci fu tutto un discorso confuso sui carati, la purezza e il taglio. Optai per un diamante a goccia perché il venditore, tipo untuoso simil-venditore di auto usate (e, sì, bisogna essere un tipo del genere per riconoscerne un altro, lo ammetto) aveva detto che era la forma migliore per mettere in evidenza le dimensioni. Quell'affare avrebbe coperto il dito da nocca a nocca e sarebbe brillato come una cometa ogni volta che avesse mosso la mano. Si sarebbe sentita come una stella del cinema, o una mantenuta o...

Immagino che ossessionarmi sull'anello mi aiutasse a dimenticare che stavo effettivamente per chiederle di diventare mia moglie. Nei secoli dei secoli. Per sempre. *Gulp.*

Ero pronto, giusto? Pronto per diventare un... uhm... un marito?

Beh, non restava che sperare. Dovevo solo capire esattamente qual era il momento esatto e ottimale per farlo. E fino ad allora avrei custodito l'anello come un detenuto che cercasse di contrabbandare un sacchetto di Ossicodone in prigione.

Uhm, come mai era quella la prima analogia che mi era venuta in mente? *Curioso.*

Chi poteva tenermi l'anello nel frattempo? Adam era sicuramente una possibilità, ma era già abbastanza scorbutico per essere stato trascinato nel negozio per comprare quell'accidente di anello, inoltre c'era il rischio che Mia scoprisse l'anello e si lasciasse sfuggire con April di averlo visto. *No bueno.*

William? Era un tipo profondamente responsabile. Potevo fidarmi che facesse un buon lavoro, specialmente se l'avessi fatto apparire come una missione per custodire il gioiello della principessa o roba simile. Il problema era che era assolutamente incapace di mentire e che se glielo avessero scoperto addosso, avrebbe spifferato tutto.

Lucas? Forse... Ma che storia avrebbe potuto usare se Katya l'avesse trovato con un enorme anello di diamanti, visto che era già sposato?

No, il sistema migliore era portarlo con me e sperare che April tenesse le mani lontano dal mio sexy e irresistibile corpo finché avessi potuto nasconderlo nella stanza. *In fretta.* Quando diavolo aveva intenzione di usare il bagno, in modo che potessi farlo?

Accidenti. Stavo già perdendo la testa e non avevo ancora programmato come farle la proposta.

Non ero fatto per quella roba.

Capitolo Quattro
April

L A MIA BESTIA SI STAVA COMPORTANDO IN MODO STRANO, era follemente nervoso. In effetti, era sulle spine da qualche settimana, ma ero così occupata con la tesi per il mio MBA che non avevo ancora avuto il tempo di indagare.

Cercai di cogliere qualche occhiata mentre la concierge ci faceva fare il tour della villa che sarebbe stata casa nostra per la settimana. Di solito, quando ero troppo diretta, Jordan diventava ombroso e si rinchiudeva in se stesso. Ma dato che avevamo questo tempo insieme questa settimana, speravo di arrivare in fondo alla questione usando le mie arti più discrete per domare la Bestia. Sperando che non fosse niente di troppo serio o permanente...

Forse c'era qualcosa in ballo al lavoro di cui non ero a conoscenza?

Jordan si era confidato con me non molto tempo prima. Sospettava che Adam si stesse preparando a lasciare la carica di AD della Draco. Io non riuscivo nemmeno a immaginarlo, dato che la società era la sua creatura. Ma Adam aveva un mucchio di altri interessi, incluso il suo lavoro con quella società, la XVenture, che stava mandando astronauti nello spazio. Adam stava dedicando tanto del suo tempo a quei progetti che molti dei compiti di AD della Draco stavano finendo sulla scrivania di Jordan.

Non era un mistero per me che cosa volesse Jordan, ammesso che fosse vero e Adam decidesse veramente di cambiare. Jordan voleva quel lavoro da AD e io sarei stata più che entusiasta se fosse riuscito ad averlo.

Forse era quello il motivo per cui era così agitato? Era possibile che Adam si fosse confidato con lui e non avesse ancora trovato un'occasione per dirmelo, o forse stava aspettando il momento giusto. Non riuscivo a immaginare Jordan che tenesse quel segreto molto a lungo con me. In un modo o nell'altro glielo avrei tirato fuori.

Strofinandomi le mani come se me le stessi spolverando dopo un qualche duro lavoro, dissi: «Bene, visto che non devo disfare le valigie e non abbiamo niente in ballo fino al pranzo, penso che andrò a esplorare questo posto, magari vedere come se la stanno cavando le ragazze. Qualcuno deve accertarsi che non abbiano camere migliori della nostra».

Jordan fece quella risata falsa che usava solo quando stava cercando di scaricare un contatto di lavoro o una persona irritante. Mmm. Che diavolo stava succedendo? Uscii dalla stanza perplessa e un po' preoccupata.

Mia era nel soggiorno principale, su un divano enorme che quasi l'aveva ingoiata completamente. Questa villa era stupenda, con i soffitti alti due piani, enormi pareti di vetro che davano sui pendii e la valle coperta di neve più in basso. Le montagne dominavano l'orizzonte, addolcito da scampoli di foresta che costeggiavano le piste da sci. Ero una sciatrice decente e Jordan adorava lo snowboard. Era un talento naturale, essendo cresciuto su una tavola da surf. Entrambi non vedevamo l'ora di salire in montagna il giorno dopo.

«Questo posto è favoloso» mormorai, sprofondando dal lato opposto di Mia. Lei alzò gli occhi dal suo tablet, occhi stanchi e incuranti dell'opulenza che aveva intorno. In effetti, non sembrava essersi accorta della mia presenza finché non le avevo parlato.

«Uh? Ah, sì. Hai visto che ci sono una piscina e una Jacuzzi al coperto? E anche una sauna a infrarossi al piano di sotto. Non vedo l'ora di provarle.»

«Oh, mio Dio, una sauna? Sembra il paradiso. Le saune sono eccezionali per la pelle.» Mi picchiettai le guance. «Mi servirebbe ravvivarla un po'.»

Mia aggrottò le sopracciglia. «Sei stupenda e hai la pelle più luminosa che abbia mai visto. Di che diavolo stai parlando?»

Feci spallucce, lieta del complimento. Era impossibile non voler bene a Mia. Niente affettazioni, nonostante il suo aspetto favoloso. Lei e Adam facevano voltare le teste quando erano insieme, una coppia tutta bellezza e potenza. Avevo visto gente che li fissava a bocca aperta come fossero celebrità.

«Sai,» dissi mentre mi sistemavo sul divano, allungando le gambe e roteando di lato, «probabilmente sono l'unica persona di questo gruppo che non ti rimprovererà per esserti portata i compiti, dato che anch'io ho portato i miei.»

Mia mi rivolse un'occhiata colpevole e poi ispezionò la grande stanza. «Mi sento un'ipocrita. Per favore, non tradirmi. Ho obbligato Adam a rinchiudere il telefono in cassaforte.»

«Bocca cucita. Il tuo segreto è al sicuro con me.»

In quel momento suonò il campanello. «Dici che questo posto non è accessoriato col maggiordomo che apre la porta per noi?»

Con un sorriso, Mia sospirò e appoggiò il tablet, ma io mi alzai più in fretta, facendole segno di restare seduta.

«Ci penso io. Probabilmente è la concierge.»

Ma non era così.

Il tizio dall'altra parte della porta proiettava tutt'altro che la sensazione di essere al nostro servizio. Passai lo sguardo dagli stivali doposcì di Christian Dior all'abbigliamento Mr Miller e alla giacca Moncler su misura, tutti su un'impressionante figura maschile. L'uomo alto, scuro e deliziosamente ricco in piedi all'entrata, oltre a tutto era stupendo. Capelli scuri che si arricciavano, *casella spuntata*. Occhi grigi misteriosi, *spunta e wow*.

Okay, ero già impegnata. E *felicemente*. Ma non ero nemmeno morta e *avrei dovuto* essere morta per non notare questo tizio. Sbattei le palpebre. «Uh, uhm. Posso aiutarla?» squittii.

Il bel volto si aprì in un lento sorriso. *Whoa*. Trasudava sicurezza, ricchezza e un *je ne sais quoi*. Eleganza? Quasi mi aspettavo che da quella bocca uscisse un accento europeo, ma, purtroppo, quando parlò, suonava perfettamente, normalmente, americano. «Stavo solo passando per salutare il mio amico Adam. Per caso c'è?»

«Uh-uh» Mi voltai per guardare verso il divano ma Mia non era più lì. No, era corsa accanto a me, veloce come un lampo, con le guance rosate.

«È dovuto uscire per qualche minuto» disse Mia. «Non ha il telefono con sé, altrimenti gli manderei un messaggio, ma posso aiutarla io? Per favore, entri. Sono la signora Drake.»

L'uomo incarcò le sopracciglia e si chinò per stringerle la mano. «È veramente un piacere conoscerla, finalmente. Mi chiamo Dominic. Adam e io una volta lavoravamo insieme e, quando ho sentito che era qui, ho pensato che avrei veramente dovuto passare e cogliere l'occasione per fare due chiacchiere. Mi piacerebbe invitarvi a cena una delle sere in cui sarete in città. Gliene parli e mi faccia sapere quando andrebbe bene per voi.» Poi infilò la mano nella sua giacca *très chic* e ne tolse un biglietto da visita da darle.

Ero perplessa. Questo tizio aveva un'aria familiare e non solo nel senso di "uomo dei sogni di una ragazza". Maledizione. L'avrei cercato su Google appena avessi avuto il nome completo dal biglietto da visita che aveva Mia.

Anche Mia sembrava perplessa quando il tizio si voltò e se ne andò senza dire un'altra parola. Un vero uomo del mistero. Diede un'occhiata al biglietto da visita e poi alla figura che si allontanava. Una volta chiusa la porta, le chiesi di vedere il biglietto da visita.

Non aveva nessuno logo. Semplice ma spesso, carta di lino color avorio, con un nome, un indirizzo e-mail e un numero di telefono.

«Dominic Fischer...» Lesse Mia, poi scosse la testa. «Come mai non ho mai sentito Adam parlare di lui?»

«Adam probabilmente conosce un mucchio di miliardari.»

Mia inarcò le sopracciglia. «Pensi che sia...»

«Da com'era vestito? Direi di sì, o ci va vicino.» Le mie dita stavano già volando sullo schermo del mio telefono, scrivendo il nome su Google. Dom Fischer. Perfino il nome mi stava ricordando Don Draper, di Mad Men.

Accidenti, come sarebbe stato con un completo di Armani?

Mia s'infilò il biglietto in tasca. «Sarà meglio che metta via il tablet prima che torni Adam. Ma posso sempre distrarlo con questo biglietto da visita e il suo misterioso vecchio amico.»

«E puoi anche estorcergli informazioni su di lui. Sono curiosa.»

«Mi farò dire tutto e poi te le riferirò, che ne dici?»

«Accidenti, siamo due belle pettegole.»

«Ah, proprio le vere casalinghe di Orange County, eh?» disse Mia ridendo.

«Sarebbe più divertente se io fossi veramente *una moglie* o se almeno uno di noi passasse abbastanza tempo in casa.» Mentre finivo di parlare, colsi un movimento improvviso in cucina e piegai la testa, pensando che potesse essere Adam, entrato dalla porta laterale. Poteva darci tutti i particolari succosi...

Ma no, era Jordan, in piedi davanti al frigorifero, con il suo delizioso sedere che chiedeva di esser strizzato in quei jeans aderenti. Sospirai. Già, potevo anche guardare un altro tizio e apprezzarne il fascino, ma non era niente a confronto dell'uomo sexy che avevo già.

Jordan si voltò e mi fissò, probabilmente allarmato perché avevo detto che non ero una moglie. Buffo. Gli avevo fatto uno scherzo senza nemmeno rendermene conto. Ero diventata così brava a stuzzicarlo sulla faccenda del matrimonio che oramai lo facevo inconsciamente.

«Hai trovato qualcosa di buono da mangiare lì dentro?» gli chiesi, quando era rimasto immobile un po' troppo a lungo davanti al frigorifero aperto.

«Uh, sì. Anna l'ha rifornito ben bene. È fantastica.»

Fantastica? Uhm. Quella bionda impertinente aveva sbavato apertamente per la mia Bestia appena ci eravamo visti fino al momento in cui se n'era andata quella mattina. Mentre ci mostrava la villa, avevo ritenuto necessario appendermi al braccio di Jordan, tutta amorevole e dimostrativa, solo perché capisse l'antifona.

Lei aveva reagito guardando significativamente la mia mano sinistra, senza nemmeno nasconderlo. Poi era stata tutta sorrisi e risatine ogni volta che Jordan parlava.

Davvero, la mia Bestia è un pezzo d'uomo affascinante, e non potevo sempre essergli intorno per scacciare gli avvoltoi. Ma ero lì, e Anna avrebbe capito in fretta che non solo non avevo intenzione di andare da nessuna parte, ma che non accettavo di buon grado che la gente interferisse con ciò che era mio. Ero la leonessa nella savana che difendeva la sua preda succulenta dalle iene opportuniste.

Lo studiai con gli occhi socchiusi mentre prendeva una mela dal frigorifero, la lavava e poi se ne andava con quella in mano.

Mia aveva preso il suo tablet ed era sparita nella sua stanza, e io ero rimasta lì, da sola.

Ficcai in tasca il telefono, giurando di scoprire qualcosa di più dell'uomo del mistero, ma decidendo di concentrarmi sul mistero attuale: che cosa stava tormentando Jordan.

Forse aveva bisogno di un po' del mio zucchero per calmarsi i nervi?

Avevo il vantaggio di poterlo tenere sessualmente soddisfatto fino al punto dell'esaurimento, in modo che sarebbe stato troppo stanco perfino per *guardare* Anna.

Sì, pensavo che un pompino da paura, appena possibile, sarebbe stato esattamente ciò che aveva ordinato il medico. Anna era carina, ma io ero *più* carina e dividevo *io* il suo letto tutte le notti. Quindi, beccati questo, coniglietta!

Non ero debole di cuore quando qualche iena puntava il mio pezzo di carne. Non mi tiravo indietro, anzi: artigli sfoderati e pronti a puntare sulla giugulare. Doveva passare sopra il mio cadavere di leonessa. Io avevo il mio. Lei poteva andare a cacciare in qualche altra savana per trovare il suo.

E non avrei perso tempo a farglielo capire, senza possibilità di equivoci.

CAPITOLO CINQUE
JENNA

BENE, CI ERA VOLUTO MENO DI MEZZA GIORNATA PER rendermi conto che le montagne erano perfette per me.

Seduta accanto al fuoco, in mezzo al trambusto della tarda mattina dopo la colazione, pensavo che avrei potuto passare una moltitudine di giorni qui con i miei amici più cari e il mio tesoro accanto a me che leggeva tranquillo una rivista che aveva trovato sul tavolino.

Due ferri a diritto, due ferri a rovescio. Ero a metà del rovescio quando mi distrassi e lavorai un punto sbagliato nella riga. Con un sospiro, disfeci il punto e lo rifeci correttamente.

Avevo appena cominciato a lavorare a maglia, quindi ero lenta. E, anche se stavo usando lana filata a mano che avevo barattato con una delle mie amiche nella nostra baronia nella Medieval Reenactment Alliance, non avevo intenzione di usare dei ferri da maglia consoni al periodo. Avevo invece comprato dei ferri moderni dal negozio locale. Diritto... No, rovescio. Stavo lavorando ancora questo ferro a rovescio. Alternare diritto e rovescio stava dando un bel motivo a coste alla lana.

Ero molto vicina a finire il lavoro ma ero stata un po' troppo fiduciosa pensando che sarei riuscita a finire per Natale la sciarpa per William. Troppo ambiziosa. Avevo cominciato il Giorno del

Ringraziamento, pensando che un mese sarebbe stato più che sufficiente... *Ah-ah, no.*

Tra il mio primo anno di insegnamento (un lavoro vero) passare del tempo con William e la nostra partecipazione alla società di rievocazione medievale, eravamo realmente molto presi. Lavoravo un paio di ferri qua e là mentre aspettavo qualche appuntamento o guardando la TV, cosa che, dato che William non ne era un grande fan, non succedeva spesso. A volte lavoravo un paio di ferri a letto, prima di addormentarmi.

Il tempo non era bastato. Quindi, alla Vigilia di Natale, avevo rinunciato, l'avevo incartata ancora non finita e messa sotto l'albero, ferri, matassa di lana e tutto. Quando aveva aperto il pacco il giorno successivo, William era stato un bel po' più che confuso. Forse aveva pensato che mi aspettassi che la finisse lui. Probabilmente avrebbe imparato più in fretta di me... Aveva delle abilità pazzesche con quelle mani. In *tutti* i sensi.

Lo sentivo che mi stava guardando. Era un mio talento segreto: sapere quando mi stavano osservando. William stava guardando oltre il bordo della rivista ed erano minuti che fissava il mio lavoro. Mi feci forza.

«La rivista è noiosa?» gli chiesi.

«Non è quello che leggo di solito» mi rispose, con il suo caratteristico tono monocorde. «Ma ci sono alcuni articoli interessanti.»

«Allora perché mi stai guardando lavorare a maglia invece di leggerli?»

Lui fece spallucce. «Gli articoli sono meno interessanti di te. Inoltre, hai lasciato cadere un punto, tre punti fa.»

Sospirai e controllai. Ovviamente aveva ragione. Tolsi i tre punti completati dal ferro destro, li disfeci e li passai sul ferro sinistro. «Migliorerò.»

«L'arte dei tessuti è difficile da padroneggiare. Nel medioevo, un apprendista studiava tre anni prima di diventare un artigiano qualificato. Ti ci vorrà tempo per diventare brava.»

Strinsi i denti. Ovviamente, non l'aveva intesa come critica. Ciononostante, per qualche motivo mi diede fastidio. L'autunno era stato difficile. Il mio primo lavoro da insegnante di fisica di un branco di allievi indisciplinati di prima superiore. La materia era ostica per loro e durante le lezioni si estraniavano, o, peggio ancora, facevano casino. Avevo dovuto inventarmi di tutto per riuscire a coinvolgerli. Erano irritanti, ma insegnare era divertente.

Ciononostante, arrivavo a casa quasi tutti i giorni esausta e carica di compiti da correggere e taccuini per programmare le lezioni future. Esperimenti da progettare, materiali da ordinare e organizzare, attività extra-curriculari da sovraintendere... Il lavoro non finiva mai.

L'avevo perfino portato con me durante questo viaggio, nel puro caso in cui avessi potuto avere un attimo per fare qualcosa. Ma in quel momento, la sciarpa era l'unica cosa che avevo in mente. Ero in ritardo di parecchi giorni. Inoltre, avrebbe potuto usarla per tenersi caldo mentre eravamo qui. Vivendo nella California del Sud, non avevamo molte occasioni per indossare abiti caldi... Quindi non avevamo molte giacche pesanti e guanti per queste occasioni. Ne aveva decisamente bisogno.

Solo un'altra dozzina di ferri... Doveva veramente essere così lunga? In fondo, doveva solo avvolgersi intorno al collo. Alzai lo sguardo. Il mio uomo era alto, bello ed era pieno di muscoli. Il suo lavoro come fabbro per il nostro clan, oltre al continuo allenamento con la spada con una pesante armatura indosso, lo aveva aiutato a sviluppare un corpo veramente fantastico. Era da mangiare. Il collo era piuttosto muscoloso. Qualche dozzina di ferri ancora, quindi. Una sciarpa troppo corta sarebbe stata inutile.

«Sto facendo pratica. Ecco tutto. Inoltre, perdere qualche punto qua e là la renderà unica.»

«E la farà anche disfare» osservò William, sempre servizievole.

Potevo sentire le mie spalle che cadevano.

Se ne andò poco dopo e io continuai a scaldarmi i piedi al fuoco e a lavorare sulla sciarpa. Lucas si sedette accanto a me circa un'ora dopo con una brochure del resort in mano.

«Hai intenzione di andare sulle piste?»

Lui fece spallucce. «Sono sul terreno di mia moglie adesso. Non voglio metterla in imbarazzo.»

Mi misi a ridere. «Beh, magari sarà gentile. Potrebbe mostrarti come funziona, se tu o lei non vi romperete prima l'osso del collo.»

Lucas arricciò le labbra. «Hai qualche idea per dirle *ti amo?*»

Mi concentrai sul mio lavoro mentre rispondevo. «Hai provato a dirle semplicemente quelle due paroline magiche?»

Lucas sorrise. «In effetti, mi assicuro che quelle siano le ultime due parole che le dico ogni sera, prima di dormire.»

I miei ferri vacillarono. *Awwwww.* E il mio cuore si sciolse. Era incredibilmente dolce.

Chi avrebbe mai pensato che Lucas, fino a poco tempo prima conosciuto per il suo carattere scontroso, potesse trasformarsi completamente dopo aver trovato l'amore del suo cuore? Era quasi sufficiente a rendermi gelosa degli amori nuovi.

Cioè, io avevo l'amore. Amavo teneramente il mio tesoro. Non esisteva al mondo un uomo più gentile, più sexy o più cavalleresco di William. Ma quand'era l'ultima volta in cui mi aveva realmente detto le parole *ti amo*? Decisamente non ogni sera prima di dormire. E nemmeno ogni settimana.

Cercai di ricordare, ripensandoci seriamente. Quando *era stata* l'ultima volta?

Guardai dov'era, dall'altra parte della stanza. Era seduto davanti alla finestra e trascurava il panorama stupendo delle montagne dietro di lui, il sole che scintillava sulla neve appena caduta. La sua testa scura era china sopra il suo album da disegno, la matita si muoveva velocissima, la fronte era corrugata per la concentrazione. Accidenti, era sexy.

Mi morsi il labbro. Mi amava ancora? Non lo diceva mai. Perché non lo diceva?

Avrei dovuto preoccupami?

Riflettei sulla questione e continuai a lavorare a maglia.

Capitolo Sei
WILLIAM

S TRIZZO GLI OCCHI, CERCANDO DI DECIFRARE LO SCRITTO frettoloso di Jenna su una grande scheda. Normalmente non mi piace leggere il corsivo, ma il suo, di solito, è ordinato e bello. *Questo* scritto non è così. L'aveva copiato in fretta, quasi all'ultimo minuto.

Fortunatamente, la concierge ha trovato gli ingredienti che aveva chiesto Jenna. E siamo in cucina a mettere insieme gli ingredienti per il *medenjaci*, dolce invernale tradizionale fatto in Bosnia e in Croazia in questo periodo dell'anno. Miele e pan di zenzero. Miele, ovviamente. Quando ho passato un mese con Jenna nel suo paese natio, quasi due anni fa, ho notato che quasi tutti i loro dolci contengono miele. È un sapore diverso, naturale, dolce ma corposo, diverso dalle torte addolcite con lo zucchero. Non vedo l'ora di assaggiarli, anche se Jenna non li ha mai fatti prima.

Il mio lavoro, mi ha detto, è di convertire le misure metriche nel sistema americano. Comunque, dato che siamo in Canada, abbiamo scoperto che le attrezzature usano il sistema metrico. Non serve convertire. «Come sei fortunato» dice. Io rispondo che non credo che la fortuna c'entri qualcosa.

Jenna mi rivolge uno di quegli sguardi. Ho imparato che cosa significano. Non è proprio esasperata. Forse leggermente frustrata. È sotto pressione, vuole che i biscotti risultino perfetti. Dato che è l'unica bosniaca tra di noi, solo lei saprà se sono venuti bene oppure no.

«Non li ho mai preparati da sola. Mi ha sempre aiutata mia madre.»

«Non ho dubbi che saranno deliziosi. E dato che non hai bisogno di me per convertire le misure degli ingredienti, posso andare...»

«No!» disse, prendendomi la mano e stringendomela. «Ho bisogno di te qui.»

«A che scopo? Non ho esperienza con i dolci. Non posso contribuire in nessun modo al procedimento.»

«Per il sostegno morale, Wil. Compagnia. Qualcuno con cui parlare mentre li preparo.»

Incarco le sopracciglia. «Li aiuterà a essere più buoni?»

Jenna sospira e c'è uno strano sorriso sul suo volto. Non so se sia ironico e se sia veramente felice. «Mi farebbe felice se tu restassi.»

Sono sorpreso, pronto a formulare una replica ma... Non ne ho, se devo essere sincero. Come potrei discutere su quello che la rende felice oppure no? Dopotutto, è lei il miglior giudice. Sono migliorato, capisco meglio le sue reazioni alle cose che faccio per lei, dopo averla studiata moltissimo. Ripeto le azioni che ottengono le reazioni più ovvie. Pulire la cucina e lavare i piatti sono una di quelle. Forse, quindi, è per questo che mi vuole qui. Per pulire quando avrà finito di preparare i dolci.

«Avresti semplicemente dovuto fare una fotografia della pagina del libro di ricette, in modo che ti potessi leggere gli ingredienti.»

Jenna mi guarda sorpresa. «Non riesci a leggere la mia grafia? È un po' disordinata perché stavo scrivendo in fretta. Ho avuto solo all'ultimo minuto l'idea di preparare i biscotti per tutti. Ma la mamma aveva scritto la ricetta in bosniaco nella mail e non era in stampatello. Ho dovuto copiarla e tradurla nello stesso tempo. E tutto mentre tu stavi ululando che saremmo stati in ritardo, che stavano venendo a prenderci.»

«Non stavo ululando. Stavo...»

Jenna alza una mano. «Era una battuta. Ma stavi facendo il tiranno del tempo.»

Una battuta. Stavo imparando a riconoscerle, specialmente quando era lei a farle. «Bene, puoi rivolgerti a me come Imperatore Tempestivo.»

«Che ne dici di Esperto della Puntualità?» Jenna sorride, mescolando più vigorosamente gli ingredienti liquidi.

«Effettivamente è molto più accurato di tiranno del tempo.»

Jenna sorride di nuovo e annuisce mentre continua a mescolare l'impasto, ricontrollando la ricetta e assaggiando ogni tanto. È così bella. Non mi stanco mai di guardarla. E guardarla cucinare non è per niente noioso. Ma... Mi prudono le dita perché voglio tornare al mio progetto. Ripiego le braccia e ficco sotto le mani per tenerle ferme. Mi sforzo di non pensarci. Ho un mucchio di tempo per finirlo.

«Mi servono alcuni altri ingredienti. Noce moscata, zenzero e sale. Me li prendi?»

«Posso misurare il sale. Quanti milligrammi?»

«Uh...» Jenna guarda il cartoncino e strizza gli occhi cercando di leggere la sua stessa grafia. Evito di commentare perché riceverei un altro di *quegli* sguardi. «Dice un pizzico di sale e un paio di grattate di noce moscata.»

«Cosa? Non sono milligrammi.»

Jenna fa spallucce. «La mamma fa questa ricetta un mucchio di volte. Lei... Va a occhio.»

La guardai inorridito. «A occhio? Una ricetta è una formula chimica. Come si fa ad andare a occhio?»

«La mamma preparava tutti i dolci per ogni festività, fin da prima che nascessi. Ha insegnato a me e Maja, ma, ovviamente, io ero molto piccola. Almeno adesso ha Maja che l'aiuta. Ma io ricordo i sapori in modo così vivido e queste cose mi sono mancate... Quando ho detto a Kat che li avrei fatti, si è offerta volontaria per preparare un dessert canadese, l'ha chiamato Nanaimo bar. Quindi voglio che riescano bene.»

Rileggo il cartoncino mentre Jenna mi offre un assaggio dell'impasto. Scuoto la testa perché preferisco assaggiare il prodotto finito.

«Non capisco questa ricetta. Sei sicura di averla letta bene?»

Jenna annuisce e continua come se non mi avesse realmente sentito. «Penso che poi farò i dolci di noci. La mamma mi ha mandato una mail anche di quella ricetta, ma è ancora in bosniaco. Dovrò controllare qualche parola perché non la ricordo.»

Sono perplesso. «Quella ricetta è imprecisa come questa? Come fa tua madre a ripetere le sue creazioni, e tanto più passarle alle sue figlie, se non può indicare delle misure precise?»

Jenna sbuffa e poi sospira. Conosco anche quell'espressione. Esasperazione. «Sono solo indicazioni.»

«Intendi dire come il *Codice dei Pirati* è solo un'indicazione? Non farmi cominciare a parlare di quel film perché...»

«William!» dice Jenna, incrociando le braccia sul petto e restando in piedi rigida. Non mi chiama mai con il mio nome completo. È Wil o tesoro. Mi piacciono molto di più quelli. Non mi piace la sua esasperazione, però.

«Mi sei stato di grande aiuto, però adesso puoi andare. Devo solo cominciare a metterli nel forno. Penso che me la caverò» dice, con un altro lungo sospiro.

«Lascia i piatti che ci penso io.»

E poi me ne vado tutto contento mentre lei forma i mucchietti su una teglia. Bene. Devo tornare al mio progetto. Più tempo vi dedico, meglio verrà. Devo approfittare di ogni minuto in cui ci posso lavorare. Mancava solo un'ora e poi dovremo uscire per andare a cena al Whistler Village. Per fortuna è una cena informale, quindi non mi devo mettere in ghingheri.

Prima di uscire dalla cucina, mi volto: «Sono disponibile per aiutarti ad assaggiarli quando saranno pronti».

«Ovviamente» risponde Jenna mentre esco.

CAPITOLO SETTE
KATYA

ERA INVERNO NELLA BRITISH COLUMBIA, LA MIA EX-CASA e avevo la rara opportunità di godermi Whistler come una riccona. Tutto perché la mia miglior amica e suo marito erano ricconi veri e generosi che amavano condividere ciò che avevano con i loro amici. Dire che ero impressionata dalla villa era poco. E il cibo! Il catering ci aveva già preparato diversi pasti da leccarsi i baffi.

Quindi che cosa diavolo ci facevamo quella sera in quella piccola trattoria, tipica da doposcì, per la cena?

A quanto pareva, era perché tutti potessero assaggiare la *poutine* e prendermi in giro. Niente di nuovo.

«Se vivessi in Canada avrei un alce domestico solo per poterlo chiamare Bullwinkle, come quello dei cartoni animati» disse Jordan ridacchiando. Ah-ah. Una battuta sugli alci. Mai sentito niente del genere. Sbuffata.

Arrivò il cameriere con diversi ordini di *poutine*. Piatti traboccanti di patatine, ammonticchiate, coperte di pezzetti di formaggio e una ricca, saporita salsa gravy. Non era nemmeno un piatto tipico del Canada occidentale, almeno fino a tempi recenti. La poutine era un prodotto del Québec, e *questa* canadese occidentale non ne era una fan.

«Eccoci! Non vedevo l'ora si assaggiarla.»

Mia fissava il piatto, come se stesse cercando di capire che cosa diavolo fosse. «*Questa* è la *poutine*?»

«Non è cibo.» S'inserì la voce maliziosa di Jordan. «È l'equivalente culinario di fare sesso non protetto con una prostituta in un'area di servizio per i camionisti.»

Inarcai le sopracciglia. «Parli per esperienza, Jordan?»

Adam aveva già mangiato parecchi bocconi delle patatine appiccicose. «Accidenti, questa roba ha un sapore molto migliore del suo aspetto.»

«È un bene, perché sembra che qualcuno abbia avuto problemi intestinali su quel piatto» aggiunse Heath.

«Disgustoso!» esclamò April.

«Che c'è che può non piacere?» Adam indicò il piatto. «Patatine fritte. Buooone. Formaggio? Buooono! Salsa gravy? Buooona! Mettete tutto insieme e avrete la *poutine*.» Si voltò verso sua moglie. «Dai, ragazza, è ora di assaggiare il cibo della gente della tua miglior amica, eh?»

Mia mi puntò addosso il dito. «*A lei* non piace nemmeno. Perché dovrebbe piacere a me? Le mie lipoproteine andrebbero fuori scala se la mangiassi.» Mia scosse veementemente la testa. «E controllerò le tue se continui a mangiarla.»

«Mmm... Viziosa.» Heath sogghignò e agitò le sopracciglia. «Oh, che diavolo... Tanto vale lasciar uscire il mio lato buzzurro.» Si chinò e si ficcò in bocca un mucchietto di patatine. *Traditore.*

Adam non aveva smesso di stuzzicare Mia e le stava agitando sulla faccia una lunga patatina ricoperta di salsa gravy. «A volte devi fare qualcosa di selvaggio.»

Lei gli fece l'occhiolino. «Tengo il mio lato selvaggio per la camera da letto e non ho mai sentito reclami da parte tua.»

«Prendete una stanza» disse Jordan.

Sorseggiai la mia deliziosa birra canadese – Dio come mi era mancata! – e scossi la testa guardando i miei cosiddetti amici. Se Dio vuole, mio marito restava in silenzio e non si era unito alle prese in giro.

Strano com'erano andate le cose. Eccomi qui, in Canada, con tutti i miei amici più cari. E non solo eravamo tutti nella mia nazione d'origine, ma eravamo a meno di duecento chilometri da dove ero cresciuta. I miei amici avrebbero passato la settimana a prendere in giro il Canada? Perché volevo che la smettessero, e subito. Altrimenti avrei dovuto cominciare a rispondere al fuoco. E Jordan sarebbe stato il mio primo bersaglio.

«Ehi, Kat» disse Jordan sogghignando. «Hai sentito di quel terribile caso di graffiti canadesi? Qualcuno ha scritto "Siamo dispiaciuti per il vostro muro" con la vernice spray.»

«Ehi, Jordan» mi chinai in avanti, preparando la volée. «Hai sentito che quando Dio creò il Canada decise di creare la nazione più perfetta e bella, con scenari naturali da mozzare il fiato, risorse abbondanti e gente veramente gentile? Quando uno dei suoi angeli gli disse che non era giusto dare tutto al Canada, Dio rispose: "Aspetta finché avrò creato i suoi vicini, sgradevoli, rumorosi e che si credono dei privilegiati. Pareggerà i conti".»

«Oooh, brucia» disse Adam ridendo.

«La rossa canadese è grintosa.» Jordan prese una patatina coperta di salsa e se la ficcò in bocca. «Non sto cercando di ferire i tuoi sentimenti, Kat.»

«Non preoccuparti. Siamo in Canada. Posso sempre andare dal medico e far controllare i miei sentimenti feriti, senza pagare.» Jenna alzò una mano e io battei il cinque mentre il resto della tavolata ridacchiava.

April alzò gli occhi dalla guida che stava studiando sul suo telefono. «Allora, se il mio caro, adorato boyfriend smetterà di prenderla in giro per cinque minuti, magari Katya potrebbe dirci quali sono le piste da sci migliori da queste parti? Immagino che essendo di Vancouver tu abbia sciato qui spesso...»

Non avevo sciato molto crescendo. Sciare era costoso e non c'erano molti soldi a casa nostra. Gli skipass costavano un occhio della testa, per non parlare dell'attrezzatura. Una volta avevo posseduto un paio di sci e scarponi di seconda mano, ma si erano persi, o erano stati venduti, quando non li avevo usati per un paio d'anni. La maggior parte delle volte, quando venivo a Whistler con le amiche, ci limitavamo a restare nel villaggio, andare nei bar o a ballare e incontrare uomini.

Ma dopo tutto il prendermi in giro di Jordan, non avevo intenzione di ammettere che, al massimo, ero una sciatrice mediocre.

Tossicchiai. «Ah, sì, venivo sempre qui, ma è passato un mucchio di tempo, quindi sono sicura che sia cambiato tutto. Che cosa raccomanda la guida?»

Lei sparò la risposta: un paio di nomi erano quelli che i miei amici che sciavano avevano menzionato in passato. Annuii, assecondandola.

Finalmente arrivò il nostro pasto. Avevo ordinato Colazione per Cena, con tanto di pila di pancake perché morivo dalla voglia di mettere le mani su dell'autentico, *vero* sciroppo d'acero ed ecco la mia chance di immergervi la mia cena.

«Non c'è niente di completo senza sciroppo d'acero» sospirai felice.

«Vero. Una volta l'ho beccata a metterlo nel caffè. Saprò che siamo veramente nei guai quando comincerà a lavarsi i denti con quello» disse Lucas. Le prime parole che gli uscivano dalla bocca in tutta la serata ed era per unirsi alle prese in giro. Risero tutti e Jordan borbottò qualcosa sui Canuck. Fissai mio marito a occhi stretti per averli fatti ricominciare a infierire. Non doveva essere dalla mia parte? Almeno a lui potevo dare un pugno.

E quindi lo feci.

Lui mi rivolse un'occhiataccia strofinandosi il braccio, ma tenne la bocca chiusa. Missione compiuta. Se avesse continuato avrei dovuto minacciarlo di non concedergli i miei favori coniugali, ma avrebbe saputo in un batter d'occhio che stavo bluffando. Non avrei saputo trattenermi più a lungo di lui. Quella minaccia non avrebbe portato da nessuna parte. E probabilmente era meglio così. Non concedergli i miei favori non sarebbe stato divertente nemmeno per me.

«Lucas, immagino che tu sia uno sciatore provetto, visto come sei cresciuto» disse April.

Lucas mi rivolse un'occhiata sgomentata, ancora irritato perché avevo divulgato la sua educazione da appartenente alla classe sociale più elevata, con tanto di titolo aristocratico europeo. Ma chi poteva biasimarmi? Lo avevo sposato in segreto e *poi* avevo scoperto di essere una baronessa! Era *ovvio* che me ne sarei vantata con le mie amiche!

Gli sorrisi. «Non hai sciato in Austria con la famiglia reale olandese?»

«Una volta. Una sola volta.» Sbuffò forte, chiaramente rimpiangendo di aver rivelato quella chicca sul suo passato dopo aver bevuto un po' troppo scotch.

April ci stava guardando, passando lo sguardo dall'uno all'altro, con gli occhi sgranati. Era quasi come se non potesse credere alle proprie orecchie e, a essere sincera, mi sarei probabilmente sentita come lei se fossi stata al suo posto.

Jordan sembrò notare la sua reazione, guardò prima Lucas e poi me e poi sulle sue labbra apparve quel sorriso diabolico. Lo riconoscevo. Lavoravo con lui da così tanto tempo che sapevo che cosa significava. Aveva in mente qualcosa.

«Sembra che abbiamo un coniuge dal Canada, praticamente cresciuto all'ombra di una delle migliori stazioni sciistiche del nord America. L'altro si è fatto le ossa su tutte le Alpi e i Pirenei. Sarebbe interessante vedere come finirebbe un'amichevole sfida tra voi due.»

Lucas strinse sospettoso gli occhi guardando il suo amico. Io, d'altro canto, tenni lo sguardo fisso sul piatto, di colpo affascinata dai miei pancake.

«Cioè, non siete nemmeno un po' curiosi? Sapete, per amore della vostra progenie. Chi lo sa, magari un giorno potreste finire ad allevare un campione olimpico.»

Scoppiai a ridere a quell'idea ridicola. Gli occhi castani di Jordan si fissarono per un attimo su di noi per poi tornare a Lucas. «Non siamo così, non siamo costantemente in competizione.»

Quasi mi soffocai con il cibo. Eravamo costantemente e totalmente in competizione come videogiocatori. Lo sapevano *tutti*.

«Allora che ne dite di un'amichevole gara tra coniugi?» Jordan aveva ancora quello scintillio negli occhi, quel cazzone. Che diavolo stava cercando di fare? Lo sapeva solo quello stronzo di provocatore.

Non avevo mai visto Lucas sciare, ma potevo solo immaginare che, cresciuto com'era nella sua nobile famiglia super-mega-ricca che visitava stazioni sciistiche in tutto il mondo, avrebbe facilmente superato le mie mediocri abilità.

Sbuffai. «Oh, praticamente tutti i canadesi nascono sugli sci. Cominciano a cercare future promesse olimpiche fin dalle elementari. Mi avevano selezionato, ma i miei genitori non volevano spendere i soldi necessari. Comunque, ho cominciato ad annoiarmi quando ho preso la patente e al mio primo boyfriend.» Bevo un sorso d'acqua con un sorriso sarcastico e poi alzo gli occhi per vedere chi è abbastanza credulone da cascarci.

La risposta? Dall'espressione delle loro facce sbalordite, tutti quanti. Gli Yankee erano così creduloni?

Le sopracciglia di Lucas arrivarono praticamente all'attaccatura dei capelli. Cercai in tutti i modi di spostare l'attenzione su un altro argomento. «Allora, comunque, la *poutine...*»

«Aspetta, non puoi semplicemente lasciar cadere una bomba del genere.» Jordan si chinò in avanti, agitando la mano.

«Sì che posso, l'ho appena fatto.» Tanto valeva alzare il livello mentre stavano ancora bevendosela, giusto. Mi stavo domandando fin dove potevo arrivare. «È penoso discuterne in realtà. Pensare che il mio futuro sia cambiato in quel modo a causa della povertà della mia famiglia.» Sottolineai la frase con un sospiro malinconico, poi distolsi gli occhi, per enfatizzare il mio rimpianto. Riuscivo a malapena a trattenermi dallo scoppiare a ridere.

Avrei rivelato la verità più tardi... Magari quando l'avessero fatta finita con le loro battute idiote.

«Ah, è così, allora» insistette Jordan.

Alzai una spalla con nonchalance, atteggiando il viso a una palese noia. Più disinteressata e nonchalante fossi apparsa, prima (speravo, avrebbero lasciato cadere tutto questo parlare di discese e gare di sci. Che cosa diavolo volevano?

«Oh, mio marito sa benissimo che scio meglio di lui.»

«Davvero?»

Rivolsi uno sguardo significativo a Lucas. Se solo fosse stato al gioco, questa stronzata sarebbe passata in fretta e saremmo riusciti a zittire Jordan, una cosa normalmente quasi impossibile.

«Jordan non ha torto» disse Adam chinandosi verso di noi. «Potreste dimostrarlo piuttosto facilmente e in fretta.» *Oh, merda.* Quando Adam parlava, Lucas ascoltava. E questo significava che avrebbe potuto lasciarsi spingere a fare questa stupida cosa.

«*Potremmo.*» Feci spallucce e tirai su col naso, fingendo una profonda indifferenza che in effetti non provavo. «Solo non vorrei umiliare il mio *tesoro.*» Sottolineai il vezzeggiativo e gli misi la mano sulla spalla, stringendola forte. Quando mi guardò negli occhi, gli rivolsi un altro *sguardo.* Chiaramente non eravamo sposati da abbastanza tempo perché Lucas avesse idea di che cosa significavano i miei sguardi, accidenti. Di colpo desiderai di essere telepatica e poter trasmettere i miei comandi al compagno di vita che avevo scelto.

Lucas mi fissava, con la fronte aggrottata, perplesso. Come se potessi vederle, le mie intenzioni gli passarono sopra la testa in un lampo, come raggi laser sparati dai blaster di uno Storm Trooper. *Ah, la vita da sposati.*

«Allora è tutto sistemato» disse Jordan con un sogghigno. «Avremo una gara di sci coniugale. Che pista volete fare? La Bara o il Corridoio Estremo?»

«Oh» dissi ridendo. «Facevo quelle piste quando ero alle medie. Sono divertenti.» Agitai in aria una mano con finta indifferenza mentre pregavo silenziosamente che Jordan si rompesse una gamba alla prima discesa, l'indomani mattina. O meglio ancora, che si fratturasse la mascella, così non avrebbe più potuto parlare

Jordan alzò gli occhi dalla mappa delle discese, inarcando le sopracciglia. «Potremmo sceglierne una a caso, allora, e voi la farete? Forse potremmo darti un handicap, in modo che il tuo povero marito abbia una chance. Che ne dici di bendarti gli occhi?»

«Posso benissimo cavarmela.» Lucas mi guardò con un'espressione di sfida. «Penso di essere in grado di batterla in modo leale.»

«Oooooh!» Il resto della tavolata si chinò in avanti, agitando le mani. In che inferno mi ero cacciata. *Porca paletta.* Questi idioti si erano bevuti ogni mia parola e il mio bluff come fossero vangelo. Ero stata così infastidita da tutte quelle stupide battute sul Canada che avevo permesso alla mia boccaccia di firmare assegni che ero sicura che né il mio corpo né le mie abilità sciistiche potevano coprire.

Adesso, questi miei cosiddetti amici stavano sbavando davanti alla possibilità di assistere alla bizzarra gara di sci che vedeva opposti marito e moglie. Mi morsi il labbro.

Oh, diavolo. Avrei rischiato di rompermi una gamba solo per sconfiggere mio marito? Ai videogiochi, ci riuscivo regolarmente senza temere danni per la mia persona, eccetto forse un dito slogato o la sindrome del tunnel carpale.

Deglutii e poi buttai lì una di quelle stupide alzate di spalle che dicevano: *non ci sto più nemmeno pensando.* «Non ho problemi a mostrare a mio marito qual è il suo posto.»

«Oooooh!» ripeté la tavolata. Oltre alle dozzinali e vecchie battute sui canadesi, la situazione mi ricordava sempre di più la scuola media.

Mia scosse la testa. «Voi due siete peggiori di Adam e me. Non avrei mai pensato che potesse succedere.»

«Aspetta, aspetta. Che diavolo dovrebbe significare?» chiese Adam.

Mia rise e gli diede una pacca sulla spalla. «Niente, tesoro.»

«Allora siamo d'accordo? Mi occuperò io delle scommesse e delle quote. Sarò il vostro allibratore. Quando dovremmo farlo?» Jordan diede di gomito ad April, che guardò l'itinerario. Oh, diavolo.

«Beh, c'è questo intervallo di tempo libero dopo pranzo il 30. Non abbiamo in programma niente fino alle tre. Va bene?»

Gulp. «Ah, io...»

«Okay!» esclamò mio marito interrompendomi, con un sorrisino compiaciuto sulle labbra.

«È così che mi piace» disse Jordan, mostrandogli il pollice in su.

Immagino che significasse che dovevo allenarmi o ammettere la mia bugia, e subito.

Sospirai. Quindi significava che dovevo allenarmi.

Anche se avessi dovuto fingere un braccio rotto all'ultimo minuto, avrei visto il bluff fino alla sua amara e sanguinosa (speravo non letteralmente) fine.

Capitolo Otto
Lucas

QUESTO VIAGGIO AVREBBE DOVUTO ESSERE RIPOSANTE E rilassante, no?

Io che pensavo che sarei stato sulla neve, ad ammirare bei panorami, bere cioccolata calda e fare l'amore con la mia bella moglie tutte le volte che ne avevo voglia.

Invece ero stato incastrato in una gara farsesca con lei, mentre dovevo anche occuparmi delle stronzate di lavoro durante una settimana nella quale l'ufficio era chiuso per le feste. Inoltre, c'erano anche i miei due capi.

Chi avrebbe mai pensato che diventare il nuovissimo capo di una nuovissima sezione aziendale sarebbe somigliato più a essere un terapista che teneva per mani dei bambini che non essere un vero capo?

Avevo scelto personalmente i membri della mia squadra sia all'interno sia all'esterno della società. Avevo portato con me un mucchio di talenti per la nuova divisione di realtà virtuale della Draco Multimedia Entertainment. Ma erano passati solo pochi mesi e dovevo già affrontare melodrammi. Due dei miei principali creativi stavano cercando di farsi le scarpe a vicenda.

E questo significava telefonate, videoconferenze, lunghe, verbose, dettagliatissime e-mail. Tutto tempo che avrebbe dovuto essere dedicato a godermi la vacanza.

Fino a questa stupida gara di sci. Come diavolo ci eravamo arrivati?

Quando mia moglie interruppe la mia telefonata di lavoro la mattina seguente, chiusi il laptop sbattendolo, deciso a non farle sapere tutti i particolari incasinati. Non avevo il diritto di rovinarle il divertimento. Il suo lavoro stava andando così bene. La direzione aveva creato quel posto su misura per il suo speciale talento e lei stava veramente andando alla grande.

Quindi sarebbe stato egoistico rovinare la sua felicità con le mie deprimenti preoccupazioni di lavoro.

«È quasi ora di fare il giro in elicottero. Riesci a credere che voleremo su un elicottero! Non ci sono mai stata prima d'ora. E tu?»

Feci spallucce e le rivolsi un'occhiata imbarazzata. Per un certo periodo la mia famiglia aveva posseduto un elicottero.

«Ah, già, dimenticavo, barone Lucas van den Hoehnsboek van Lynden. Certo che l'hai fatto, vostra venerabile eminenza» disse Katya con un profondo inchino.

«Va bene, plebea» dissi con un sorriso, la mia risposta standard ogni volta che mi prendeva in giro, e succedeva spesso. Le alternative erano chiamarla plebea o ricordarle che adesso lei era una baronessa, secondo le norme, dato che era sposata con me.

Katya tornò seria, mordendosi il labbro.

«Che c'è che non va?»

«Allora, riguardo a questa storia della gara di sci?»

«Toc-toc!» Mia infilò la testa dentro la nostra stanza mentre bussava sullo stipite. «Tra cinque minuti partiremo per andare a prendere l'elicottero.»

Kat e io annuimmo e, una volta sparita, mi voltai aspettandomi che Kat continuasse la sua frase riguardo la nostra stupida gara di sci che non volevo nemmeno fare.

«Ne parleremo più tardi.» Prese la sua giacca e mi gettò la mia. «Ehi, andiamo. È la mia prima volta... in elicottero.»

Ero troppo preoccupato con i problemi di lavoro per godermi il tour.

Forse era una bella cosa che avessimo questa stronzata della gara di sci su cui concentrarmi. E su cui si concentravano i capi. In effetti, ne parlavano ogni volta che eravamo insieme.

Guardai la mia splendida moglie. Era tutta un sorriso ed eccitazione, mi indicava delle cose e parlava nella cuffia come se stessimo facendo un raid in Dragon Epoch. Chi sapeva che mia moglie era una campionessa di sci? Era piena di sorprese. Ma questa? Proprio non l'avrei mai creduto.

«Voi due andate d'accordo a meraviglia per essere avversari nella suprema gara di discesa coniugale.» Dallo speaker arrivò la voce di Jordan, che tuonava melodrammaticamente imitando un commentatore sportivo.

Gli rivolsi un'occhiata irritata. Dannato istigatore.

Avevo sciato in passato, dato che avevo visitato parecchi prestigiosi resort con la mia famiglia mentre crescevo. Ma questo non faceva automaticamente di me un esperto. Avevo sempre preferito essere sull'acqua, remando su uno skiff da regata sotto il sole anziché scendere da un pendio con il vento gelato nei capelli. Sciare mi annoiava.

Ma a quanto pareva adesso si aspettavano che umiliassi mia moglie sulle piste.

Perché non le avevo semplicemente detto che non ero così bravo?

La guardavo, mentre si illuminava in volto, godendosi la vista, con il sole che scintillava nei suoi fieri capelli rossi che le scendevano sulle spalle. Avrei semplicemente potuto dirle che era stupido, dichiararla vincitrice e poi prendermi il mio premio a letto, uno sport molto più interessante di una discesa sugli sci.

Ma ora che i miei capi erano coinvolti, il problema era diventato più grosso. In effetti, avevo visto la lista di Jordan e Kat e io eravamo divisi equamente in quanto a scommesse.

Non valeva la pena di rischiare la pelle per salvarmi la faccia. Avevo fatto qualche discesa su una pista nera e nessuna era finita bene. Nella maggior parte dei casi si erano concluse con me che rotolavo lungo la pista, urlando a pieni polmoni col rischio di scatenare valanghe per miglia tutte intorno.

«Allora, questa faccenda della pista nera... Pensi sia il modo migliore di dimostrare le tue capacità? Dove nessuno potrà vedere quello che stiamo facendo? Probabilmente avrebbe più senso fare una delle piste intermedie. Più possibilità per loro di guardarci...» chiesi a Kat mentre lasciavamo l'eliporto e seguivamo a una certa distanza il gruppo dei nostri amici. Erano tutti diretti al SUV e all'autista che ci stava aspettando pazientemente per portarci alla prossima attività divertente.

«Che cosa c'è che non va, Mister Perseveranza? Ti stai tirando indietro?» scherzò Kat ridendo.

Fu sufficiente per scatenare la mia ira. «No. Va bene. Vuoi una gara su una pista nera? Bene. Mangerai la mia neve.»

Quando ci riunimmo al gruppo, però, e ci infilammo tutti nella grossa auto, la conversazione continuò a passarmi e ripassarmi nella mente.

Era molto più facile che mi facesse mangiare *lei* la neve.

Oh, bene, almeno la neve avrebbe avuto un sapore migliore che non rimangiarmi le mie stesse parole.

No, non avevo intenzione di lasciarmi umiliare. Avevo solo bisogno di allenarmi un po' e avevo circa sei giorni per migliorare tanto da apparire almeno competente.

Non sarebbe stato un problema se Kat avesse finito per vincere, anche se pregavo che non avrebbe esultato all'infinito, ma almeno volevo darle del filo da torcere.

Poteva andare bene, o finire veramente, veramente male. Era troppo presto per fare previsioni.

Presi il caffè e mi sedetti al tavolo della colazione, rimettendo in tasca il telefono. Avrei potuto fare una pista di prova quella mattina se mi fossi affrettato a mangiare qualcosa. Kat probabilmente non si sarebbe nemmeno svegliata fino al mio ritorno.

C'era solo Mia a tavola con me, dato che era presto. Fortunatamente non era per niente curiosa di sapere dove fossi diretto, guardava fuori dalla finestra e sognava a occhi aperti con la sua tazza di tè caldo in mano.

Dubitavo che mi avesse sentito quando l'avevo salutata ed ero uscito.

Capitolo Nove
Mia

Non era nemmeno finita la seconda giornata delle vacanze e del nostro magico anniversario e già i programmi stavano saltando. La casa era meravigliosa, lussuosa e attrezzata per ogni attività al coperto e ogni comodità di cui avremmo potuto avere bisogno durante la settimana, fino a Capodanno. Non mi ero aspettata che partecipassero tutti alle varie attività ma, man mano che passavano le ore, la gente sembrava scegliere sempre più altre cose da fare. Speravo che non fosse una tendenza.

April sembrava essere in apprensione per qualcosa che aveva a che fare con Jordan. Kat e Lucas erano finiti a dover fare una gara di sci. Jenna e William erano carini e adorabili, come sempre, ma non erano tipi da attività di gruppo. Heath si lamentava continuamente ad alta voce del programma, nonostante partecipasse a tutte le varie attività e ammettesse, *dopo* il fatto, che gli erano piaciute.

Oltre a tutto, il mio stesso marito si stava comportando in modo strano e non avevo idea di che cosa farci. Innanzitutto, se non avessi saputo che era impossibile, avrei detto che avesse cominciato di recente a prendere le anfetamine visto che sembrava in uno stato costante di eccitazione frenetica. Forse erano i segni di astinenza per avergli confiscato il telefono. Il poveretto era chiaramente dipendente da quell'apparecchio, cosa di cui l'avevo accusato molto spesso. Ciononostante, non aveva fatto niente per farselo ridare, né ne parlava. Me l'aveva consegnato senza fare commenti, stoicamente, e non si sarebbe nemmeno capito che quel coso era il suo costante e irremovibile compagno.

Quindi forse non era quella la ragione dietro al suo strano comportamento. Bevvi un sorso di tè e guardai fuori dalla finestra panoramica dal tavolo carico dei resti del pranzo. Il catering aveva consegnato in silenzio la colazione e un pranzo a buffet quella mattina presto. Avevo preso un friabile croissant al tonno e delle fettine di frutta. Tutti avevano finito il pasto e se n'erano andati per la loro strada, e io ero di nuovo da sola.

Avevo consegnato a Adam il biglietto da visita del misterioso amico che si era fermato il giorno prima e adesso lui era nella nostra stanza a fare una chiamata con il cellulare che aveva preso in prestito da me.

E io ero rimasta lì seduta, a meditare e a fare piani.

Avevo sperato che, a quel punto, Adam e io avremmo fatto sesso sfrenato. Mi ero preparata, avevo anche ordinato vari set di lingerie sexy, uno per ogni notte in cui saremmo stati lì. Ogni completo di seta e pizzo sarebbe stato più osé del precedente, un conto alla rovescia come un avvento sessuale, finché la serie sarebbe culminata la notte del nostro anniversario con il famoso e famigerato bikini di finta maglia di ferro. Proprio lo stesso con cui l'avevo premiato la nostra prima notte di nozze. Non l'avevo più indossato da allora, l'avevo messo da parte precisamente per la nostra notte insieme durante la nostra vacanza speciale. Speravo avesse su di lui lo stesso effetto che aveva avuto allora. Ci contavo, perché stavamo uscendo da un periodo di magra.

Quindi, la notte prima era stato il body di pizzo color zaffiro. Molto raffinato e quasi virginale, da prima notte di nozze, con un accenno di civettuola sensualità. Avevo aspettato che fosse a letto per fare la mia grande entrata, con una vestaglia di seta. Ero rimasta accanto al letto, tossito per distogliere la sua attenzione dal blocchetto su cui stava prendendo appunti, poi mi ero messa in posa e avevo lasciato scivolare la vestaglia dalla spalla, sbattendo le ciglia.

Mi aveva guardato, completamente sveglio e interessato, mentre il fuoco crepitava in sottofondo e fiocchi di neve sussurravano fuori dalla finestra.

Adam mi aveva guardato, con un'espressione di apprezzamento non molto libidinosa. A essere sincera, avrei voluto un po' di libidine. Più di un po'. Era passata oltre una settimana, in una delle rare giornate in cui eravamo stati entrambi a casa un pomeriggio. Io stavo uscendo per andare a un laboratorio e lui era passato da casa per prendere qualcosa dopo una riunione pomeridiana a Los Angeles. Avevamo approfittato in fretta dell'occasione imprevista.

E le sveltine erano belle, okay, ma era decisamente ora di avere un po' di divertimento sexy, bollente e sudato che durasse più di un quarto d'ora. Quindi mi ero sentita incoraggiata quando, con un sorriso, Adam aveva messo da parte blocchetto e penna e aveva abbassato le coperte perché mi infilassi a letto con lui.

Indossava una t-shirt e i pantaloni del pigiama che...*Bleah.* Era fin troppo tempo che non lo vedevo svestito e faceva abbastanza caldo nella stanza, con il camino acceso e le coperte calde, da permetterci di restare nudi.

Quindi il body azzurro era solo un prepartita, ma mi sembrava di avergli trasmesso le mie intenzioni abbastanza chiaramente quando mi ero premuta contro di lui, tremando un po' sotto le lenzuola fredde e apprezzando il calore che irradiava la sua pelle. Mi chinai, affondando il naso nella sua clavicola, dando una bella annusata. Aveva sempre un profumo così buono. Il tessuto della t-shirt era così morbido, i muscoli sotto così duri. Mi ero accaparrata un marito favolosamente delizioso e mi ci sarei aggrappata con le unghie e con i denti, era una certezza.

Il mio aperitivo fu mordicchiare il suo stupendo collo, crogiolandomi nell'ondata di desiderio bollente quando la guancia ruvida sfiorò la mia. Mi attaccai a quel collo come un vampiro famelico deciso a ubriacarsi di sangue e non mi sarei tirata indietro finché ogni centimetro di lui fosse stata coperta di succhiotti. *Mamma* era *assetata*, e lui era la mia tazza di acqua gelata in mezzo al deserto.

Proprio quando stavo per arrampicarmi su di lui come fosse un albero, di colpo lo sentii irrigidirsi, e non nel modo giusto. Sorprendentemente, usò il braccio per fare un po' di spazio tra di noi e io mi tirai indietro, spalancando gli occhi per lo shock. Che diavolo...? Sì, lo dissi con gli occhi. Le parole non servivano.

Adam sorrise. «Ehi... Che ne dici di alzare la posta sulla nostra storia d'amore? Che ne pensi?»

Aggrottai la fronte. «Uhm. Beh, pensavo fosse quello che stavo facendo.»

«Avevi la bocca attaccata al mio collo come se fossi una remora.»

Sbattei le palpebre. «E non ti piaceva. Di solito... cioè... è passato un po'...»

«Ma abbiamo sei notti da passare qui. Non sarebbe una buona idea se... La prendessimo con calma?»

Okay, forse avrò potuto voltare di colpo la testa per guardarlo. Adam Drake non rifiutava mai il sesso. Cioè *mai*. Avrebbe dovuto essere mezzo morto. Forse gli stava tornando la mononucleosi?

Gli premetti la mano sulla fronte per sentire se avesse la febbre. «Ti senti bene?»

Adam si mise a ridere. «Sto bene... Solo pensavo che sarebbe bello se magari potessimo farci un po' di coccole, passare un po' di tempo guardandoci negli occhi, tenerci per mano.»

Alzai un sopracciglio. «Che ne dici invece di strusciarci un po'. O magari tanto?»

«Sì, certo quello potremo farlo, più avanti. Ma stasera, magari potremmo solo cercare di goderci la compagnia reciproca? Possiamo coccolarci, magari guardare il fuoco quando avremo finito di guardarci negli occhi. Non c'è nemmeno bisogno che parliamo. Solo goderci il fatto di essere a letto alla stessa ora. Non ci capita quasi mai di andare a letto alla stessa ora.»

Sbalordita, mi lasciai cadere di fianco a lui. Puntai lo sguardo sul camino. Le fiamme danzavano contro le pietre scure e i mattoni. Tenerci per mano? Ascoltarci respirare? La parola *coccole* era veramente, volontariamente uscita dalla bocca di mio marito?

Eravamo già entrati nel territorio di un matrimonio di mezz'età, senza più fuoco? Le scintille erano finite così presto che non voleva più saltarmi addosso come un lupo affamato su una pecora ferita?

L'ultima cosa che gli avevo detto prima di passare i più lunghi trenta minuti della mia vita da sposata solo fissando nel vuoto prima di tenerci per mano fu: «Chi sei e che cosa hai fatto di mio marito, impostore?».

Al che lui aveva risposto con una risata. «Proviamo e vediamo che cosa succede.» E questo significava che qualcosa avrebbe potuto veramente succedere, giusto?

Allarme spoiler: non fu così. Stavamo dormendo prima che passasse un'ora, come due cuccioli esausti dopo una giornata di giochi. Forse era quello. Era solo stato troppo stanco. Forse non ero stata abbastanza chiara e non gli avevo fatto capire che avrei volentieri fatto io tutto il lavoro e che lui avrebbe potuto restare sdraiato e godersi il suo orgasmo.

Ma no...

Quel pomeriggio, aveva una lista piena di attività per noi. Aveva trovato un puzzle da duemila pezzi e aveva proposto che salissimo nel loft dove avremmo potuto restare da soli per lavorarci insieme. Da lì, avremmo potuto guardare fuori e osservare la neve che cadeva.

Con un sorrisetto complice, immaginai che "lavorare sul puzzle" fosse un eufemismo per unire i nostri corpi come pezzi di un puzzle. Anche se il loft al piano di sopra poteva lasciarci esposti a essere scoperti. Forse l'eccitazione di rischiare di essere visti stava mettendo il turbo al suo motore.

Ma scoprii che non era così. Voleva veramente lavorare sul puzzle.

Odiavo sinceramente i puzzle. E finì per lavorarci da solo molto presto, mentre io andavo in bagno e poi, *per caso*, mi distraevo parlando con le mie amiche in cucina mentre gustavamo il formaggio e i salumi dal tagliere che lo chef ci aveva lasciato in frigorifero. Per circa un'ora, mi chiesi se avesse almeno notato che me n'ero andata. Quando scese, poco dopo, non disse niente. Nessuna recriminazione, niente domande.

Però aveva una lista di attività che voleva che facessimo. Solo noi due, per poter lavorare, e cito, sul "lavoro di squadra". Ognuna di quelle attività richiedeva che fossimo completamente vestiti.

Cominciavo sinceramente a preoccuparmi.

Forse non aveva dormito bene come pensavo? Avrei dovuto controllare e accertarmi che dormisse per otto ore, e magari anche un po' di più. Anche se avessi dovuto ricorrere a tritare un po' di antistaminico nella sua cioccolata calda per assicurarmi che crollasse. Adam era il coniglietto della Duracell dei mariti.

Perché trovò l'energia per trascinarmi in una tempesta virtuale di "costruire un fortino con la neve, come squadra". Adam aveva avuto qualche contatto con la neve durante la sua infanzia, essendo cresciuto nello stato di Washington, ma io era una ragazza della California del sud, cresciuta in un altopiano desertico.

Non ero fatta per passare lunghi periodi di tempo nella neve bagnata, fangosa, *fredda*. Ero come Frosty il pupazzo di neve in un giorno di bel tempo alle Hawaii o la Malvagia Strega dell'Ovest dopo una secchiata d'acqua in testa. Non serve dire che feci esattamente l'opposto di quello che volevo da lui a letto: non durai molto. Una volta che i pantaloni, i calzini e i guanti furono fradici, per me fu finita. Nessun incitamento, o vedere quanto fossimo vicini a finire il nostro *elaborato palazzo* mi avrebbe convinto a restare lì fuori più a lungo.

Invece usai la vecchia scusa del bagno per scappare e filare diritta nella nostra stanza, dove mi tolsi i vestiti bagnati e mi fiondai sotto una doccia bollente per scaldarmi. Mi ci vollero cinque minuti sotto il getto per smettere di tremare. Poi scelsi i pantaloni del pigiama felpati più caldi e più morbidi e un maglione e decisi di preparare una cioccolata calda corretta per entrambi. Forse un po' di alcol nel suo sistema lo avrebbe calmato un po'. *E* magari lo avrebbe reso più suggestionabile. Dato che avevamo in programma di sciare il giorno dopo, volevo passare un po' di tempo a spassarcela insieme.

Adam restò fuori per un'altra mezzora prima che aprissi appena di una fessura la finestra che dava sulla tempesta di neve. Okay, magari si sarebbe potuto dire che aveva smesso di nevicare e che c'era solo una lieve brezza, ma molto, molto glaciale. Ma, ehi, ero una ragazza della California.

«Ho preparato della cioccolata per tutti e due. Vieni a sederti con me accanto al fuoco. Sarà buonissima con i biscotti bosniaci di Jenna. Ci faremo perfino le *coccole*.»

Jordan ridacchiò beffardo dietro di me. Voltando la testa, gli sussurrai, non troppo piano, di stare zitto, prima di voltarmi di nuovo e vedere Adam affondato fino al collo nella fanghiglia che borbottava che il nostro "favoloso progetto" non era ancora finito.

Quando finalmente lasciò perdere e rinunciò, anche la sua cioccolata calda era diventata una fanghiglia gelata.

Stava diventando buio ed era quasi ora che andassimo a esplorare un'attrazione turistica lì vicino, Vallea Lumina, uno spettacolo notturno unico di luci in una foresta. Alla faccia di passare del tempo da soli insieme. E alla faccia di sentire la sua pelle ruvida e mascolina sotto le mie mani.

Uffa.

CAPITOLO DIECI
ADAM

S II SPONTANEO, AVEVA DETTO LA LISTA. SARÀ DIVERTENTE, aveva detto.

E prima che potessi cercare su Google, usando il mio telefono, come essere spontaneo, avevo dovuto rinchiuderlo nella cassaforte. Ed Emilia mi avrebbe ucciso se mi avesse colto a scassinare la cassaforte per riprendermelo.

Avrei dovuto andare a braccio.

Il problema era che la spontaneità non faceva parte del mio stile. *Per niente*, assolutamente. Io ero il pianificatore. Avevo dei piani per i miei piani e non avevo la minima idea se essere spontaneo significasse che non potevo programmare un po' di spontaneità.

Inoltre, quando ne avremmo avuto la possibilità? Heath e ciascuna delle quattro coppie avevano chiesto una tregua dall'itinerario incessante. Oltretutto, Dom Fischer voleva cenare con Mia e me.

Gli avevo telefonato qualche ora prima, piacevolmente sorpreso che fosse nei paraggi. Mi aveva detto che era uno dei proprietari di quel posto, proprio come io avevo investito nel resort a St. Lucia, dove Mia e io ci eravamo spostati. Ma la parte migliore della telefonata era stato il piccolo particolare dell'esistenza di una sorgente calda raggiungibile a piedi dalla nostra villa.

Era stato divertente prendere lezioni private di sci insieme, quel pomeriggio. Era sembrato un po' un lavoro di squadra, lavorare insieme per acquisire una nuova abilità. Ero soddisfatto di aver spuntato quella casella. Ma quando eravamo tornati quella sera, esausti, la mia mente era andata al prossimo compito per migliorare il punteggio del nostro matrimonio.

Non pensavo di poter sopportare altre coccole perché mi eccitavano da morire, quindi avrei considerato spuntata quella casella e sarei passato oltre. Spontaneità. Era quella che avremmo affrontato quella sera, a ogni costo.

Dopo cena, riuscii a convincere Emilia a uscire per fare una passeggiata con me, promettendole che le sarebbe piaciuta la neve appena caduta. Mi aveva guardato con sospetto, dato che non era una fan della neve, o del freddo in generale. Potrei averle promesso che ci saremmo divertiti molto riscaldandoci, *dopo*.

Maledizione, non vedevo l'ora.

Era innegabilmente una bella serata e perfino lei accettò di allungare la passeggiata, godendosi il cielo pieno di stelle e la polvere bianca luccicante che scricchiolava sotto i nostri piedi.

Come per caso mi diressi nella direzione in cui Dominic mi aveva detto che c'era la sorgente calda. Là, le montagne bianche in lontananza brillavano sotto la pallida luce di un quarto di luna.

Emilia esclamò deliziata quando notò la sorgente e guardammo il vapore che si alzava e si dissipava nella notte fredda sopra le pozze nere e immobili. L'aria era piena di un odore acre, come di zolfo.

Mi voltai verso di lei e lanciai la bomba. «Andiamo a fare una nuotata.»

Sorpresa, Emilia disse: «Non ho il costume. Inoltre, fa troppo freddo».

Mi piegai e toccai l'acqua. «Senti com'è calda l'acqua. Inoltre, non abbiamo bisogno di un costume. Ho portato questi. Possiamo asciugarci e rivestirci una volta fatto.»

Emilia si abbassò per controllare ciò che avevo in mano. «Quelli... Sono strofinacci da cucina.»

Feci spallucce. «A chi interessa? Ci asciugheranno, no?»

Emilia scoppiò a ridere. «Sono lunghi mezzo metro...»

«Allora ci asciugheremo in fretta e poi ci rimetteremo i vestiti. Dai... Non facciamo mai niente di spontaneo. Non vuoi essere impulsiva, per una volta? Non vuoi semplicemente vivere un po' e sentire l'eccitazione?»

Emilia restò a bocca aperta e mi fissò a lungo in silenzio. «Chi sei tu e che cosa ne hai fatto di mio marito?»

L'avevo già sentito prima. Troppo di recente.

Senza un'altra parola, mi tolsi i vestiti, li appoggiai sugli strofinacci in un punto asciutto ed entrai nella pozza.

«È così rilassante per i muscoli indolenziti dopo lo sci.» Lei sbuffò, chiaramente poco convinta.

«Che cosa stai facendo?»

«Sto cercando di essere spontaneo. E voglio che anche tu sia spontanea. In effetti, lo trovo eccitante.»

Lei restò immobile. Mi lasciai cadere nell'acqua, con il vapore e il calore che si chiudevano intorno a me. Non stavo mentendo. Era sinceramente favoloso. Solo per esagerare un po', feci un lungo sospiro, guardando il mio fiato che annebbiava lo schermo di stelle scintillanti sopra di me.

Emilia gemette, si lamentò e brontolò un po'. Ma, alla fine, si tolse i vestiti, mentre io mi godevo la vista fino in fondo, poi li ammucchiò sopra i miei e mi raggiunse.

Sì. Ora l'avevo esattamente dove la volevo. Nuda e calda. Lo stavamo facendo. Viva la spontaneità.

Era un'altra casella spuntata dalla lista ed eravamo molto più vicini a diventare la migliore delle coppie sposate.

Quando fu a portata di mano, le avvolsi le braccia intorno alla vita e la tirai verso di me. «Attento!» esclamò. «Ho dovuto raccogliere i capelli senza un elastico per non bagnarli. Non posso tollerare il pensiero di tornare indietro con una temperatura di meno cinque con i capelli bagnati.»

«Lascia che ti distragga da quel pensiero.» La tirai contro di me, sentendo di colpo l'eccitazione nel sangue. Mio Dio, volevo veramente scoparla. Lì, in quel momento. E sì, sarebbe successo. E se lei non fosse stata ancora d'accordo, lo sarebbe diventata una volta che avessi passato un po' di tempo a convincerla in tutti i modi migliori.

Emilia si sciolse contro di me e le nostre bocche si trovarono. Condividemmo un lungo bacio appassionato. La sua pelle bagnata scivolava sulla mia, le gambe si attorcigliavano eroticamente. Dalle nostre bocche usciva il vapore ogni volta che ci separavamo. Ero stordito dal pensiero di prenderla lì, più eccitato di quanto fossi stato da tanto tempo. Un punto per la spontaneità.

E, come bonus, stavamo spuntando un'altra casella dalla lista: una lunga pomiciata. Sulla lista, pomiciare non doveva portare al sesso, ma avrei volentieri piegato quelle regole per amore delle mie palle violacee. Il pensiero di fare sesso bagnato, bollente, proprio lì, nudi sotto le stelle in una serata nevosa mi stava proprio piacendo.

Emilia emise un gemito e all'improvviso le sue gambe si strinsero forte intorno ai miei fianchi. Ero così duro da star male e volevo *veramente* scoparla appena possibile. Ma nella mia fretta di farla entrare nella sorgente, avevo dimenticato nella tasca della giacca il maledetto preservativo. Adam il pianificatore. Avevo programmato tutto così bene, ricordandomi anche di portare con me un preservativo ma avevo dimenticato di prenderlo quando mi ero spogliato in quel freddo polare. *Bell'affare, idiota. Che palle!*

In quel momento, a dire il vero, le mie palle e tutto il resto di me stavano da Dio, considerando la donna stupenda che in quel momento era avvolta intorno a me. Con la bocca ancora attaccata alla sua, andai verso il bordo della sorgente, verso la roccia su cui avevamo impilato i nostri vestiti. L'avevamo già fatto in passato, interrompere i preliminari per prendere un preservativo. Così spesso, in effetti, che era diventato parte della nostra solita coreografia. Emilia mi toccava e mi baciava mentre io cercavo freneticamente il familiare pacchettino.

Se la situazione fosse stata inversa, avrei fatto lo stesso con lei: l'avrei tormentata mentre lei cercava il preservativo. La mia mossa preferita era coprirle il seno con le mani, come per schermarlo, cosa che di solito la faceva ridere e fingere di essere irritata, ma che in segreto adorava. Mettere le mani nel suo reggiseno era un desiderio costante.

Mi staccai da lei giusto per il tempo necessario di tastare in giro, frugando tra i nostri vestiti alla ricerca dello sfuggente preservativo. La sua mano era migrata a sud e adesso mi stava afferrando come fosse un sospensorio. Bella mossa, dolce mogliettina...

Di colpo, sulla sinistra, i cespugli cominciarono a oscillare e i rami a spezzarsi con un forte rumore. Emilia si immobilizzò e divenne rigida tra le mie braccia, spalancando gli occhi.

«Che cos'è?» sussurrò.

«Potrebbe essere qualcuno che vuole saltar dentro con noi.» Feci una smorfia. Beh, il massimo che avrebbero visto sarebbero state le nostre chiappe nude mentre uscivano dalla sorgente, afferravamo la nostra roba e ce ne andavamo.

Il rumore riprese, uno schianto molto più forte. Emilia risucchiò il fiato. «Era troppo grosso per essere una persona.»

Ansimai, ricordando la brevissima ricerca che avevo fatto su questo resort quando lei mi aveva proposto l'idea la prima volta. In questa parte della British Columbia c'era abbondanza di fauna selvatica, anche pericolosa, come orsi e alci.

Senza pensarci due volte, le afferrai il braccio. «Dai, usciamo da qui.»

Con un urletto, per il quale la zittii, ci precipitammo fuori dalla sorgente. L'aria gelida investì ogni cellula della mia pelle, pungendola come uno sciame di vespe. Cazzo, la temperatura era glaciale lì fuori.

Me lo tolsi dalla mente, concentrandomi sulla sicurezza di Emilia. La presi per il gomito e la tirai fuori dall'acqua. *Qualunque-cosa-fosse* continuò a fare rumore nei cespugli a meno di trenta metri di distanza.

Emilia afferrò i nostri vestiti, io afferrai le giacche e le scarpe. Poi corremmo verso un altro gruppo di cespugli proprio sul bordo della strada. A quel punto, correre per il quartiere nudi sembrava più desiderabile che essere aggrediti dalla fauna selvatica inferocita.

Quando avevamo messo un po' di distanza tra noi e il rumore, la fermai e ci infilammo in fretta qualche vestito. Lei si mise la camicia e la giacca e, senza pantaloni, infilò i piedi nelle calze e negli stivaletti. Io mi infilai i jeans e afferrai il resto della nostra roba mentre mi infilavo gli stivali. Quindici secondi dopo aver lasciato la sorgente, ci stavamo muovendo, mano nella mano, lungo il sentiero che portava alla nostra villa isolata.

E, anche se tendevo l'orecchio per capire se ci stesse seguendo, non sentii mai niente. Emilia era a gambe nude sotto la giacca che le copriva a malapena il sedere. Eravamo quasi arrivati alla casa quando una delle auto della sicurezza privata del quartiere recintato venne nella nostra direzione. Merda. Afferrai mia moglie e la tirai in un cortile laterale. Le spiegazioni sarebbero state imbarazzanti da dare a un vigilante privato. Presumendo che ci credesse, invece di pensare che fossimo qualche strana coppia di ladri mezzi nudi, alla Bonnie & Clyde.

Nonostante i miei continui inviti a restare zitta, Emilia stava ripetendo, in un sussurro forte e al contempo senza fiato, mentre tremava e si tirava le calze sulle gambe bagnate: «Porca paletta, era sicuramente un orso. *Doveva* essere un orso. Hai sentito com'era grosso?».

Tenni gli occhi fissi sulla strada, mettendole di nuovo il dito sulle labbra per farla stare in silenzio mentre annuivo in risposta alla sua domanda. Quando e se fossimo arrivati alla porta d'ingresso, saremmo sembrati due ratti affogati, ma almeno saremmo tornati indenni e con tutte le parti intatte, tranne la nostra dignità.

Cristo, l'avevamo scampata per un pelo.

Quando raggiungemmo l'entrata, l'adrenalina era svanita e stavamo tremando come foglie. Emilia diventava irascibile quando aveva freddo, quindi avevo una motivazione in più per entrare in fretta, per non rischiare di perdere la mia chance di fare sesso quella sera.

Ma appena ci precipitammo attraverso la porta, mio cugino Liam, insieme a Jenna, Kat, Lucas e Heath alzarono tutti gli occhi dalle carte con cui stavano giocando.

«Che cos'è successo? Sembra che abbiate visto un fantasma» disse Jenna, appoggiando le carte sul tavolo e mettendosi sulle ginocchia per guardarci meglio. Passò gli occhi da me a mia moglie. «Forse due fantasmi.»

Emilia si tolse la giacca. Non si sarebbe mai capito che se l'era messa solo un minuto prima di aprire la porta. Espirò, con un risolino e appesa la giacca. «No, no... Abbiamo camminato per un po', uhm, lungo la strada...»

«Per ammirare il panorama della vallata» m'inserii nel caso avesse intenzione di svelare il nostro piano. Okay, la scelta delle parole non era stata la migliore.

Liam aggrottò la fronte e aprì la bocca. Sapevo che avrebbe fatto notare le incongruenze nella nostra storia, anche se avevamo detto solo due frasi in tutto. Continuai in fretta, prima che potesse dire una parola. «Ma l'abbiamo scampata bella. Maledizione, abbiamo preso un bello spavento. Eravamo lì... a guardare il panorama e...»

«All'improvviso un orso si stava precipitando attraverso i cespugli, proprio verso di noi!» finì Emilia.

Lucas e Jenna spalancarono gli occhi per la sorpresa e la preoccupazione. Katya sembrò sorpresa e si morse il labbro e

Liam, come suo solito, sbuffò. «Qui non ci sono orsi» disse sicuro.

«C'era» dissi annuendo vigorosamente, ansioso di sostenere il resoconto molto accurato di mia moglie. «Dal rumore, sembrava veramente grosso.»

«Ma non l'avete visto, in effetti?» chiese Heath.

«No, ma ci sono orsi in tutta la vallata e le montagne. Ho letto che questo posto ne è pieno. Ci sono perfino i cartelli sui lati della strada che avvertono della presenza di orsi. Ci sono decisamente orsi da queste parti.»

«Vero...» disse Kat, distogliendo lo sguardo, ma Liam stava scuotendo la testa con decisione. Come cazzo faceva a saperlo? Non era mai stato in Canada prima d'ora. Mai.

«Non era un orso» ci smentì mio cugino.

«Beh, tu non c'eri, signor *So-tutto-io*, quindi non ne hai idea.» Gli diedi un'occhiataccia.

Lui mi guardò come se fossi l'idiota più gigantesco che avesse mai incontrato. Conoscevo bene quello sguardo. Avevamo vissuto insieme nella stessa casa da adolescenti. «So che non era un orso per via della data.»

«La data?» Emilia piegò di lato la testa. «Che cosa significa?»

«Siamo a fine dicembre, quasi a gennaio. Adam ha ragione. Probabilmente ci sono migliaia di orsi che vivono in questa zona. Ma nessuno di loro era nei cespugli con voi mentre stavate facendo... qualunque cosa steste facendo. Ogni singolo orso è in letargo in questo momento.»

Accidenti. Merda. Aveva ragione.

«Beh, allora era sicuramente un alce. Un grosso alce maschio.»

Kat si morse il labbro e sembrava decisamente che stesse per contraddirmi. «Avete mai visto un alce, di persona? Da vicino? Sono alti due metri, due metri e mezzo al garrese. Non credo che potesse nascondersi in un cespuglio, a meno che fosse un cespuglio veramente enorme.»

«Fidatevi, i canadesi sanno tutto sugli alci» disse suo marito, provocandola, cosa che gli fece guadagnare un pugno scherzoso sul bicipite.

Emilia li guardò tutti attentamente, da William a Kat e indietro. «Beh, allora, che cosa diavolo era? Era decisamente troppo grosso per essere un cane o un procione.»

Kat fece una smorfia, come se esitasse a mettere in imbarazzo la sua amica. «Tirando a indovinare direi che era un cervo dalla coda bianca.»

Emilia si voltò verso di me mentre io mi voltavo verso di lei. Ci guardammo negli occhi per un lungo momento. Nessuno disse una parola. Il silenzio era assordante. Quasi l'avessimo concordato, entrambi scoppiammo a ridere.

«Whoops. Immagino che il grosso cervo cattivo ci abbia quasi sorpresi nudi» ridacchiò Mia quando ci fummo calmati.

«Nudi?» reagì Kat spalancando gli occhi. «*Come?*»

Mia moglie arrossì immediatamente come un pomodoro, mordendosi il labbro con un'espressione da "*Oh, merda*".

«Solo un modo di dire» indicai le scale con il mento e lei annuì, salendo due gradini alla volta prima che ci sfuggisse qualcos'altro di incriminante.

«Mia, hai la camicia a rovescio!» la informò Jenna cantilenando prima che sparissimo dalla loro vista. La reazione furono basse risate da parte del resto del gruppo. *Beccati.*

Quando arrivammo nella nostra stanza, Mia stava cercando freneticamente il suo cappello e la sciarpa.

«Devo averli lasciati cadere lungo la strada, maledizione! Non voglio tornare giù dopo tutto quello...»

«Ci penso io.» L'abbracciai a lungo. «Fai una doccia calda e vai a letto. Vado a dare un'occhiata.»

Tornai fino alla sorgente, questa volta con una torcia che avevo trovato vicino alla porta d'ingresso. Trovai cappello e sciarpa tornando indietro, nel cortile laterale dove ci eravamo precipitati.

Quando arrivai a casa, la partita a carte era finita e la maggior parte delle persone non era più lì. Stavo morendo di fame, quindi andai in cucina per fare uno spuntino. C'era Jordan che si stava preparando un sandwich.

«Ehi, amico, ho sentito che c'è stata un po' di eccitazione stasera» disse, agitando le sopracciglia.

Oh, cavolo. Adesso lo sapevano tutti?

Strinsi i denti. «Non ne voglio parlare.»

«*Tu* potrai anche non volerne parlare, ma che io sia dannato se non mi divertirò da matti parlandone io.»

Era ora di cambiare argomento. Andai alla ciotola sul ripiano, presi una banana e la pelai.

«Allora, che piani hai per l'Operazione Grossa Pietra?»

Jordan si irrigidì e agitò freneticamente le mani mentre si guardava alle spalle.

«Va così bene?» sogghignai tra un boccone di banana e l'altro.

«La concierge arriverà da un minuto all'altro, per parlarne con me. Ho bisogno di qualche idea.»

Diedi un'occhiata all'orologio sulla parete e inarcai le sopracciglia. «Wow, pensavo che Emilia stesse esagerando. Le piaci sul serio.»

Jordan scosse la testa. «Nooo. Ma verrà anche il suo assistente ed è piuttosto ovvio che vorrebbe infilarsi nei pantaloni di Heath.»

Quasi mi soffocai con la banana. Non sapevo molto delle preferenze specifiche di Heath, ma non bisognava essere dei geni per sapere che l'assistente magro, molto giovane e leggermente effemminato di Anna non era il tipo di uomini che di solito piacevano a Heath.

«Non andrà a finire bene» borbottai, gettando la buccia della banana nel bidoncino dell'umido.

«Che cosa? La mia proposta o mettere assieme quei due?» chiese Jordan sussurrando piano.

«Mettere assieme quei due. Ma ti auguro in bocca al lupo per il resto, amico. Non chiedermi idee creative perché sto già facendo fatica a trovarle per me di questi tempi.» Gli diedi una pacca sulla spalla. «Vado. Buona notte.»

Quando finalmente tornai nella nostra stanza, Emilia stava dormendo profondamente. Feci anch'io una bella doccia calda e crollai sul letto. Mentre mi accoccolavo intorno alla sua figura prona, dovetti ammettere che mi sentii un po' sollevato.

Avremmo fatto sesso la mattina dopo.

Capitolo Undici
Jordan

Dovevo scaricare quell'anello il più presto possibile. Ero riuscito a nasconderlo in fondo al mio cassetto della biancheria. In effetti lo avevo infilato in mezzo a due calzini arrotolati in modo che fosse difficile individuarlo anche se, per una ragione qualsiasi, April avesse aperto il cassetto.

Ma, accidenti, finché non avessi capito come fare la proposta, quella cosa sarebbe stata come un albatros appeso al mio collo. Ero vissuto nella costante paura che lo trovasse. La scatola era un po' grande, dato che era un complicato gioco di magia ingegneristica. Si illuminava quando la si apriva.

Già, io ero *quel* fesso che aveva pagato un extra per la fottuta scatola che si accendeva mandando un raggio di luce sul diamante quando si apriva. Immaginavo April che guardava la pietra luccicante e restava abbagliata anche mentre io ero su un ginocchio che cercavo di non iperventilare al pensiero di quello che stavo facendo.

In realtà, quella roba costosa non avrebbe fatto una gran differenza nel nostro rapporto. Vivevamo già insieme, eravamo impegnati e monogami. Avremmo potuto finire per restare fidanzati per sempre. A chi diavolo interessava una cerimonia nuziale? Un matrimonio? Solo un pezzo di carta in realtà.

Potevamo parlarne una volta che le avessi messo quell'accidente di anello al dito, purché non perdessi i sensi perché stavo andando in iperventilazione mentre lo facevo.

Anna, la coniglietta delle nevi, finalmente bussò alla porta sul retro e la feci entrare mettendomi un dito sulle labbra. Anche se erano già passate le dieci, lei aveva il trucco fresco ed era elegantissima in una tuta aderente. Quando sorrise, quasi dovetti chiudere gli occhi per il riverbero. Troppi denti in quella bocca, o roba simile...

Comunque, era lì per aiutarmi e capire come fare. Era il suo lavoro, dopotutto. L'assistente di Anna ispezionò in fretta la cucina e poi, senza dire una parola né al suo capo né a me, sparì in soggiorno, senza dubbio alla ricerca di Heath. Mi dispiaceva per Heath, conoscevo fin troppo bene i tipi appiccicosi che non capivano l'antifona, o i mille segnali, quando non eri interessato.

Heath era un uomo adulto e poteva occuparsi da solo di rifiutare un cucciolo. Io, in quel momento, avevo cose più importanti da fare.

«Ehi, Jordan» disse Anna con un accenno di sensualità nella voce, sorridendomi mentre appoggiava un planner dall'aspetto elegante coperto di sticker sul ripiano della cucina. «Sarò lieta di aiutarti con qualunque sia l'evento. Aspetto solo i particolari...» Le sue ciglia fluttuarono e quel sorriso troppo ampio si allargò ancora di più.

Vabbè.

«Sono più che disposto a pagarti per il lavoro extra. Ma sì, ho qualcosa di importante di cui vorrei che ti occupassi.»

Oh, merda non era uscito come pensavo. Le sue guance si arrossarono un po' e c'era un'espressione suggestiva nei suoi occhi.

Le sottili sopracciglia di Anna si arcuarono fino quasi al bordo del suo piccolo berretto di lana da coniglietta delle nevi. Gettò i lunghi capelli biondi ondulati oltre la spalla e rise. «Farti felice è il mio lavoro.»

Sbattei le palpebre. Non si poteva dire che fosse discreta. Immagino che Adam avesse ragione su quella ragazza, dopotutto. *Uffa.*

A chi importava? Appena le avessi detto che cosa volevo che facesse, avrebbe capito e avrebbe smesso di provarci con me. Io non ero tentato, nemmeno un po'. Un uomo non va in cerca di hamburger quando ha un filetto di prima scelta cucinato alla perfezione che l'aspetta a casa ogni sera, ogni mattina e qualche volta anche a mezzogiorno. *Assolutamente no.*

«Vedi, ho un anello per la mia ragazza. Hai conosciuto April, giusto? Voglio chiederle di sposarmi mentre siamo qui, ma ho bisogno che sia un momento epico. Mi puoi aiutare?»

Lei guardò di lato, con un'espressione irritata e fece spallucce. «Certo. Abbiamo già aiutato altre volte con roba del genere. La stazione ha parecchi punti panoramici. Oppure su una pista...»

Mi irrigidii, scuotendo la testa. «Carino, ma voglio qualcosa...» Agitai le mani indicando qualcosa di grosso. «Veramente fuori dall'ordinario. Pensa a qualcosa di *epico.*»

Anna piegò di lato la testa, atteggiandosi in modo da farmi dare una bella occhiata alla sua scollatura. Ero abituato a quel tipo di manovra. *Amen.* Distolsi gli occhi. «Uh, sei sicuro?»

La guardai furioso. «Sicuro riguardo a che cosa? Certo che sono sicuro. Perché lo chiedi?»

Anna spalancò gli occhi, con le palpebre che sbattevano furiosamente e si tirò indietro di colpo. «Oh, scusa, volevo solo dire sei sicuro che non vuoi farlo su una delle piste in alto o sul picco accanto a Inukshuk?»

«Il che cosa?»

«Oh, è il monumento in stile Prima Nazione in alto, sul picco. Sai, ve l'ho indicato la prima mattina in cui siete arrivati. In molti fanno lì le proposte di matrimonio. Possiamo organizzarlo, procurarti delle pellicce per tenerla calda e...»

Scossi la testa. «No. Qualcosa di più. Voglio che sia la proposta di cui non smetterà di vantarsi con le sue amiche. Non solo quello, voglio che la gente di qui parli di quell'epica proposta. Puoi essere un po' più creativa?»

Anna mi guardò a bocca aperta, sbattendo le ciglia, come se il suo cervello non lavorasse veramente così in fretta e stesse ancora elaborando quello che le avevo detto dieci minuti prima.

Sentii arrivare la voce del suo assistente- Jonny? Joey? – da dietro l'angolo. «Che ne dici del Peak 2 Peak, Anna? Potremmo metterli in una cabina da soli. Potrebbe chiederglielo mentre attraversano la vallata.»

«Peak 2 Peak. Che cos'è?» dissi scuotendo la testa.

«È una cabinovia» rispose Anna con una voce decisamente più eccitata. «Viaggia tra Blackcomb Peak e Whistler Mountain. E se parliamo di una cosa epica, è il viaggio in una cabinovia più alto e più lungo del continente.»

Annuii, prendendo in considerazione l'idea. «Okay, quindi siamo in questa cosa e glielo chiedo mentre viaggiamo? Quanto dura la corsa?»

Jed – no, Joe – oh, qualunque fosse il suo nome, sorrise a trentadue denti. «Ventidue minuti da stazione a stazione, ma potreste fare andata a ritorno se volete raddoppiare la durata.»

Agitai una mano in circolo. «Okay, ma... mentre stiamo viaggiando per tutto quel tempo, che cosa facciamo? A parte guardare il panorama o solo chiacchierare, intendo dire.»

«Bevande? Stuzzichini?» disse l'assistente rivolgendosi ad Anna.

«Che ne dici di un pasto di tre portate, già che ci siamo?» disse Anna sbuffando, prendendo in giro il suo assistente, ma a me sembrava veramente una bell'idea.

«Sì, facciamo così. Possiamo tornare giù di nuovo, ventidue minuti per ogni corsa mi sembra giusto.»

«Provvederò a controllare la disponibilità subito domani mattina» disse allegramente l'assistente mentre il volto di Anna si scuriva. «Accidenti. Il telefono è scarico. Ho bisogno di carta... carta... Vado a chiedere a Heath se ha un blocchetto nella sua stanza.»

Mentre spariva dietro l'angolo gli gridai: «C'è un blocchetto proprio qui sul frigorifero».

Nessuna risposta.

Ovviamente il blocco non era l'unica cosa che voleva. A questo punto, probabilmente Heath era già scappato.

Anna si avvicinò, rigirandosi una ciocca di capelli biondi sul dito indice e mordendosi il labbro come una coniglietta di Playboy. «Uhm, non abbiamo mai fatto niente di simile finora. Occupare la cabina per un'ora e mezza? Organizzare un pasto lì? Non è mai stato fatto.»

Sorrisi. «Ragione in più per farlo, allora. A me sembra abbastanza epico. Perfetto!»

«Perfetto? Che cosa?» disse una voce dalla porta. Ci voltammo a guardare. April era lì, con un kimono di seta e le pantofole, una bottiglia d'acqua vuota in mano. I suoi occhi acuti andarono ad Anna, che era un po' troppo vicina a me, per poi tornare a guardarmi.

«Uhm, niente, uh, cioè...» Non sapevo che cosa dire. Merda. E io che pensavo che sarebbe stato sicuro parlarne in cucina. Pensavo che April si fosse già addormentata.

«Oh, avevo solo qualche domanda riguardo il programma. Pensavo che Jordan potesse avere le risposte in modo che potessi occuparmi meglio dei... bisogni di tutti.» Rivolse alla mia ragazza un sorriso più dolce della saccarina. Riconobbi la reazione nei profondi occhi azzurri di April. Era pronta a sfoderare le unghie.

Beh, forse che fosse un pochino gelosa era una bella cosa. Una falsa pista da seguire per un po' per impedirle di scoprire la verità.

April entrò nella stanza e si mise accanto a me. Sobbalzai quando mi mise la mano sul sedere e strizzò. «Hai finito qui? Perché ho alcuni bisogni da soddisfare anch'io.» Mi fissò, con gli occhi azzurri che bruciavano di... qualcosa. Passione o rabbia? Non riuscivo a capirlo.

Speravo che quei bisogni avrebbero significato io che mi calavo i pantaloni e April in ginocchio davanti a me.

Grazie al cielo, Anna e *come-cavolo-si-chiamava* se ne andarono quasi subito con la promessa sussurrata di mandarmi un messaggio appena avessero avuto qualche notizia.

CAPITOLO DODICI
APRIL

PORCA PALETTA, CHI DIAVOLO CREDEVA DI ESSERE QUELLA tizia? Che... Avevo il cervello in fiamme. Se avessi avuto anche un grammo di misoginia interiorizzata nella mia psiche, avrei già potuto qualificarla come una puttanella. Ma io non ero così. *Io* avevo la mia integrità.

Ma nessuno poteva flirtare in modo così sfacciato con il mio uomo e cavarsela. Meglio che quella donna smettesse di provocarmi. La mia *oma* mi aveva insegnato alcune belle maledizioni del vecchio mondo e questa tizia, Anna, non aveva protezioni contro il malocchio. Al diavolo questa merda.

La prossima volta in cui l'avrei vista, l'avrei sicuramente tirata da parte e le avrei fatto sapere che stava scherzando col fuoco e che sapevo che cosa aveva in mente. Ero sicura che incontrasse mucchi di uomini ricchi nel suo lavoro. E che era probabilmente difficile trovarne uno così giovane, muscoloso e pazzescamente bello. Jordan era una perla rara. Ma era mio.

Tornati nella nostra stanza, era ora dei momenti sexy prima di dormire. Era ora che Jordan ricominciasse a pensare a me. Appena fummo dentro e la porta fu chiusa, non esitai. Gli fui addosso come un paio di leggings di lycra a buon mercato. Con la mano sul suo inguine, mi alzai in punta di piedi e cominciai a baciarlo sul collo.

«Ho bisogno di te» sussurrai. «*Adesso.*»

Jordan diventò immediatamente duro sotto la mia mano. Si chinò per coprire la mia bocca con la sua. Il suo respiro divenne subito affrettato e le sue mani vagarono dappertutto. *Così va bene, Bestia.*

Mi prese per le spalle, mi indirizzò verso il letto ma quando ci arrivammo, invece di sdraiarmi, puntai alla fibbia della sua cintura. I suoi occhi si scurirono quando capì. Abbassai la cerniera, con qualche difficoltà. I jeans erano aderenti, ancora di più quando era completamente eretto. Ma tornai presto da quella caccia al tesoro con il mio premio in mano. Il mio premio bollente e rigido. *Da leccarsi i baffi.*

Alzai la faccia per guardarlo, poi mi abbassai lentamente sulle ginocchia, continuando a fissarlo mentre mi leccavo le labbra. Jordan rimase immobile, trattenendo il fiato. Quando gli chiusi le labbra intorno, gettò indietro la testa con un gemito. «Cazzo» disse roco, allungando una mano verso la testata del letto per tenersi.

Mi piaceva fargli i pompini e, ovviamente, a lui piaceva riceverli. Non era violento ma a volte, quando si lasciava andare, mi afferrava i capelli e prendeva il controllo, spingendomi dove voleva che andassi, spingendo fino in fondo mentre mi diceva cose sconce per tutto il tempo. La mia Bestia, così sexy.

Stavo appena cominciando, stuzzicandolo e tormentandolo con la lingua mentre si spingeva nella mia bocca, con il respiro corto. Proprio quando stava per afferrarmi per i capelli, suonò il suo telefono. La sua mano restò sospesa a mezz'aria ma io non mi fermai. Poteva ignorare il suo fottuto telefono, per l'amor del cielo. Stava ricevendo un pompino di prima classe, di alto livello.

E la mia Bestia raramente permetteva a qualcosa di interrompere il sesso.

Il telefono continuò a suonare. Lo tolse dalla tasca e lo spense. Ah, no, non lo spense. Che cavolo? Mi mise una mano sulla testa... per tirarsi indietro con un sospiro. Poi fece un passo indietro e rispose al telefono. Stava davvero succedendo?

Rimasi di sasso, ancora inginocchiata sul pavimento, mentre lui andava dall'altra parte della stanza, accanto alla finestra, con il telefono appoggiato all'orecchio. «Sì?» disse, senza nemmeno guardare nella mia direzione. Se non si trattava di una cosa di lavoro, vitale e urgente, erano guai. Specialmente a quell'ora. «Uh-uh. Okay. Sì, mi sembra che vada bene se riesci a sistemare tutto. Ah, sì. Penso di riuscirci. Ti richiamerò.»

La sua voce sembrava strana... come tesa, come se fosse un po' stressato. O molto stressato. Mi appoggiai al letto e poi mi sdraiai. Jordan gettò il telefono sul letto e si riabbottonò. Ancora più strano. Non che fossi incline a continuare, ma ero scioccata che non venisse da me e almeno tentasse, in modo che potessi respingerlo decentemente. Che cavolo...? Mi stava veramente mettendo a disagio.

«Dovremmo veramente dormire, tesoro. Sono esausto e devo alzarmi presto domani mattina. Roba da uomini. Probabilmente sarò già uscito quanto ti sveglierai.»

Sbattei le palpebre. Aprii e chiusi la bocca un paio di volte. Non ricordavo di aver visto niente di simile sul programma. Era una cosa improvvisata? Magari volevano allenarsi o roba simile?

Non mi guardava nemmeno negli occhi, quindi non poteva vedere la mia espressione sbalordita. «Vado a fare una doccia adesso, per non svegliarti domattina. Hai bisogno di qualcosa? Ah giusto, eri venuta in cucina per prendere dell'acqua, vero?

Vado a prenderla. Torno subito.» Uscì dalla stanza e io mi misi seduta, passandomi le dita tra i capelli, cercando di capire che cosa fare e desiderando che fosse sveglia anche Mia per poterle chiedere un consiglio.

Jordan tornò dopo qualche minuto, appoggiando non una ma due bottiglie d'acqua fredda sul mio comodino. Poi mi baciò la testa.

«Dormi, piccola. Sembri stanca.» Fissai furiosa la schiena che si allontanava mentre andava in bagno. *Grazie tanto, stronzo.*

Mi lasciai cadere sul letto, fissando il soffitto e chiedendomi che cosa fare mentre ascoltavo il rumore dell'acqua in bagno.

Improvvisamente, il suo telefono si accese proprio accanto a me, vibrando con un messaggio in arrivo. Lo presi prima che il messaggio sparisse.

Anna: *Chiamami domani mattina quando ti svegli e decideremo come incontrarci. Ho già una lista di idee per noi.*

Le mie ciglia fluttuarono così in fretta che probabilmente assomigliavano ad ali di colibrì. Come? Cosa? Sentii lo stomaco che si stringeva, la nausea che mi saliva alla gola. Com'era possibile? La mia Bestia mi stava tradendo? O cercava di allontanarsi in modo da organizzarsi per farlo? Oppure... Che cosa diavolo stava succedendo?

Dato il suo passato, non avrei mai sospettato che mi potesse tradire, nemmeno in un fantastiliardo di anni. *Mai.*

Ero più che certa che, se avesse voluto rompere la nostra relazione, sarebbe venuto da me e me lo avrebbe detto prima di andare nel letto di un'altra.

Ma avevo la prova che non solo aveva il numero di Anna, ma che stava attivamente progettando di incontrarla per... per che cosa?

Poi mi resi conto di un'altra cosa, come se un masso mi fosse caduto in testa, minacciando di farmi vomitare. Era lei al telefono? Jordan aveva veramente interrotto il sesso orale con me per parlare con *lei*?

Com'era stranamente ironico che la nostra relazione segreta, ai tempi in cui la nostra era un'avventuretta proibita capo-assistente, fosse cominciata nella vicina città di Vancouver, appena un'ora a sud di dove eravamo adesso. *Ciò che succede in Canada resta in Canada*, aveva scherzato allora. *Uh*. Era ancora così per lui? Vedeva ancora il Canada come la terra del "liberi tutti", del latte e miele, e delle coniglietto?

Rimisi il telefono sul comodino e mi massaggiai le tempie. Non riuscivo ad affrontarlo in quel momento. Avevo bisogno di gelato e qualcuno con cui parlare. Stringendo la cintura del kimono, mi rimisi le pantofole e uscii dalla stanza. Ero troppo tesa per dormire ed era troppo tardi e c'era troppa gente in quella casa perché lo affrontassi in quel momento.

Dovevo calmarmi. Dovevo pensare razionalmente. Avevo bisogno delle mie ragazze.

Riuscivo a malapena a respirare. Che cosa diavolo era successo? Com'era possibile che fossimo passati dall'andare splendidamente a vedere Jordan che guardava un'altra donna dopo solo un paio di giorni in Canada? Avevo esagerato con le mie prese in giro e le commedie sul fatto di volermi sposare? Era stato solo per divertirci. Lui lo sapeva. Doveva saperlo.

Non ero pronta per il matrimonio, ma scherzare sull'ovvia avversione mostrata da Jordan ci aveva sempre fatto fare qualche risata, particolarmente tra noi ragazze. Era stato un modo divertente di formare un legame e flirtare con lui e fargli sapere che era mio, anche se non lo eravamo ufficialmente.

Lui lo *sapeva*. Cioè... giusto? Lo sapeva veramente, giusto? Com'era possibile che non lo sapesse?

Tornai con la mente ad alcune delle cose che avevo fatto per divertimento: adocchiare apertamente l'abito da sposa di Mia; sfogliare riviste tipo *Elle* o *Vogue Sposa* quando Sid me le aveva passate con uno dei suoi accenni non proprio discreti; entusiasmarmi per l'anello di fidanzamento antico, art déco di Kat.

Era stato *tutto* per prenderlo in giro e irritarlo.

Oh, maledizione, April. Adesso hai davvero rovinato tutto. *Idiota.*

Erano andati tutti a letto, tranne Heath che stava giocando a qualcosa che assomigliava al calcio, ma con le auto, sulla PlayStation. Non parlammo, dato che aveva la cuffia per non fare rumore e a me stava bene così.

Avevo in mano una grossa ciotola di gelato con le gocce di cioccolato e un cucchiaio da minestra e non avevo paura di usarli. Ore dopo, quando finalmente tornai nella nostra stanza, Jordan dormiva come un sasso.

E quando finalmente mi appisolai e mi svegliai tardi la mattina seguente, lui era uscito da un pezzo.

Quando controllai il telefono, mi rammentai che quella mattina c'era il brunch tra ragazze e una giornata di spa domestica. E mancava solo mezz'ora.

Le mie ragazze. Avevo bisogno di loro. La tempistica non avrebbe potuto essere migliore.

Poco dopo eravamo in costume da bagno nella Jacuzzi in veranda (elegantemente etichettata *solarium*), accanto a una piccola sauna a infrarossi e a qualche attrezzatura multifunzione da palestra. Quel posto non cessava mai di stupirmi. Avevamo veramente tutto.

Le ragazze chiacchieravano tutte allegramente, condividendo storie, ma io non sentivo niente. Sorseggiavo in silenzio il mio cocktail mimosa e fissavo pensierosa il panorama delle montagne. Ero lontana un milione di chilometri quando mi resi conto che le ragazze mi stavano fissando.

«Mmm, che c'è?»

«Che cosa ti sta succedendo, April? Sembri distratta» chiese Jenna. «Va tutto bene?»

Sbattei le palpebre e aggrottai la fronte. Beh, non potevo veramente spiattellare quello che avevo in mente, no? Ma avrebbero potuto avere qualche buon suggerimento da darmi. Mi mordicchiai il labbro inferiore. Che cosa dovevo fare... Che cosa dovevo fare...

Mmm. Quando tutto il resto fallisce... restano le bugie.

«Mmm, scusate. Stavo pensando alla mia buona amica... Sid.»

«Ah, la tua ex compagna di stanza?» chiese Mia.

Sbattei nuovamente le palpebre. Oh, merda. Già, avevo dimenticato che Mia aveva conosciuto Sid. Da quando Sid si era laureata e aveva accettato un lavoro a Los Angeles non ci vedevamo più così spesso, ma lei non aveva un compagno. Probabilmente era sicuro usarla per la mia bugia.

Ovviamente, con la mia fortuna, probabilmente avremmo finito per incrociarci quassù. O all'aeroporto di Los Angeles mentre tornavamo a casa, o roba simile.

«Sì... Allora, Sid sta vedendo questo tizio. Sono insieme da un po'. E lei, uhm, crede che lui la stia tradendo. O che abbia in programma di tradirla.»

Deglutii, ispezionando le loro facce. Potevano capire che stavo mentendo spudoratamente? Stavo letteralmente facendo quella cosa di "chiedere per un amico". Beh, tanto valeva, avevo fatto trenta, tanto valeva fare trentuno.

«Oh, povera Sid» disse Jenna. «Dev'essere così stressata.»

Annuii. «Sì. Le fa perfino male lo stomaco.»

Mia si chinò in avanti e mi diede un colpetto sulla spalla. «Allora, lo sta solo sospettando, giusto? Non è sicura?»

Piegai di lato la testa, evitando di guardare Mia negli occhi. «Mi ha chiesto un consiglio e non ho saputo che cosa dire.»

«Dovresti dirle di metterlo seduto e chiedergli direttamente che cosa sta succedendo» disse Mia.

Annuii. «Mi sembra un buon consiglio. Glielo riferirò.»

Jenna scosse la testa, fissando fuori dalla finestra. «Non potrei tollerare un traditore. O perfino qualcuno che flirti con le donne mentre ha una relazione.»

«Beh, penso che sia più che altro l'altra donna che flirta parecchio con il compagno di Sid.» Merda, probabilmente avrei dovuto inventarmi alla svelta un nome per questo uomo di fantasia, altrimenti avrebbero capito. Carl? Jimmy? No... Uhm. Harold? Jaden?

«Un'altra ragazza sta tentando di farsi sotto e rubarle il suo uomo? Uh-uh» disse Kat facendo il gesto di tagliarsi la gola. «Deve distruggerla. Di' a Sid di imparare un po' di arti marziali e come dare un gancio destro. O usare qualcosa di pesante e...»

Jenna alzò una mano per interrompere Kat a metà del suo gesto. «Ehi, ehi. A volte dobbiamo solo seguire il consiglio di

John Lennon e dare una possibilità alla pace. Alla fin fine, si tratta di Sid e di quanto si fida del suo uomo... Come si chiama?»

«Ro... ca... Uhm, Roland» borbottai. Merda, mi ero quasi tradita. Mi ero salvata all'ultimo minuto. Roland? Che cazzo! Era un cavaliere medievale della Tavola Rotonda o roba simile?

«Bene. Anche se sarei tentata di seguire la strada indicata da Kat, sono d'accordo con Jenna» disse Mia con un cenno deciso della testa. «È una situazione che riguarda entrambi loro. La donna che flirta con lui non può fare niente a meno che lui lo permetta.»

Mi sentii stringere lo stomaco e annui, più triste che mai, prima di inclinare la flûte di champagne e bere fino all'ultima goccia. Kat aveva già la bottiglia pronta per riempirlo di nuovo quando riemersi per prendere fiato.

Se Jordan mi stava tradendo, o aveva in programma di farlo, me l'avrebbe detto, anche se glielo avessi chiesto direttamente?

Giurai di arrivare in fondo alla questione quella sera stessa. Avremmo dovuto cenare da soli. Non sapevo che cosa avrei fatto, né dove, né quando, né come. Ma comunque il prima possibile.

Perché non credevo di essere in grado di inventare altre amiche per chiedere altri consigli. E mi sentivo anche già lievemente brilla alle undici e mezzo di mattina. Cercai di trovare un altro argomento di conversazione. Fortunatamente Mia lo fece per me.

«Oh, tra parentesi, April, ricordi quell'uomo misterioso che è venuto a suonare alla porta e mi ha dato il suo biglietto da visita? Ho delle novità.»

Adesso sì che andava bene! La promessa di un succoso pettegolezzo fece sparire immediatamente il cattivo umore. Con un respiro profondo, respinsi in fondo alla mente tutti i pensieri riguardo al mio dilemma e giurai che non avrei continuato a ossessionarmi finché fossi stata da sola.

«Sputa il rospo, ragazza. Devo sapere tutto!»

Capitolo Tredici
Jenna

EHI, ASPETTATE. DI CHE DIAVOLO STAVANO PARLANDO? Sbattei le palpebre, appoggiando la mia flûte di champagne per seguire il chiacchiericcio eccitato delle mie amiche. Proprio quando ero sul punto di chiedere anch'io un consiglio...

Kat mi guardò, sorpresa da quanto fossi stata assente. «Di chi stavate parlando?»

April gesticolò eccitata. «Oh, questo tizio che si è presentato qui ieri. Era... *eccezionale*. Cioè, abbiamo abbastanza zuccherini qui in casa. E amiamo i nostri uomini, ma...»

«Carne fresca?» disse Kat con una risata. «Si può sempre guardare, no?»

April fece un sorrisino. «La cosa divertente è che ho cercato il suo nome su Google appena se n'è andato per scoprire qualcosa di più su di lui, ma poi mi sono distratta prima di leggere quello che avevo trovato. Quindi...» Fece un cenno con la testa a Mia. «Forza, ragguagliaci!»

«Beh, Adam lo conosce da quando lavorava alla Sony, pre-Draco. Si chiama Dom Fischer e ha anche lui una società.»

April aggrottò la fronte. «Mi è sembrato un po' più vecchio di Adam, però, sulla trentina.»

«Adam compirà trent'anni tra qualche mese» disse Mia ridendo.

Per ammissione generale, sembrava un'età avanzata. A me mancavano ancora parecchi anni a quel traguardo, grazie al cielo.

«Quanti amici miliardari tiene nascosti Adam, e perché non lo sapevo quand'ero single?» disse Kat sbuffando.

April piegò di lato la testa. «Allora ha anche lui una società di videogiochi? È in concorrenza con la Draco?»

«Oh, no, non è più in quel settore» rispose Mia agitando spensieratamente una mano. «Adesso si occupa di veicoli a guida autonoma. A quanto pare la società è appena esplosa con un nuovo prodotto che hanno immesso sul mercato: veicoli senza autista che consegnano merci e cibo a domicilio.»

April la guardò sgranando gli occhi. «Stai parlando della Tranxit? Ne abbiamo parlato nel mio programma di studi. Gesù, adesso capisco perché mi sembrava così familiare...»

Mia allungò il braccio e riempì nuovamente il bicchiere di April. «A quanto pare, lasciando la Sony, aveva tentato di assumere Adam perché lavorasse con lui. Ma Adam era già sul punto di dar vita a una sua società e, come tutti avrete immaginato, al mio maritino non piace lavorare per gli altri.»

Kat ridacchiò. «L'eufemismo dell'anno.»

«Ed è dire parecchio, visto che mancano solo pochi giorni alla fine dell'anno.» Mia bevve un ultimo sorso di champagne prima di appoggiare il bicchiere sulla cornice della Jacuzzi.

April aggrottò la fronte, come se tentasse di ricordare qualcosa. «C'è stata una rottura eclatante, molto pubblicizzata, con la sua ragazza e una causa. Una modella semi-famosa. Roba finita su tutti i tabloid, ovviamente.»

«Non sono sempre modelle?» Scossi la testa. Avrei detto che uomini come quello non frequentavano un altro tipo di donne, ma ero lì, seduta con due amiche i cui compagni erano miliardari, quindi tenni la bocca chiusa e finii il mio cocktail.

Mia diede un'occhiata ad April. «Aveva qualcosa di intimidatorio. Come un incrocio tra un padre severo e un sicario. Lo implica perfino il suo nome: *Dom...* Si era trattato di violenza domestica o roba del genere?»

April scosse la testa. «No, diffamazione, ne sono quasi sicura. Lei aveva cercato di far pubblicare un volgare libro di memorie, del tipo *Tutto quello che volete sapere* e lui aveva depositato un'ingiunzione per bloccarla.»

«Si può sapere di chi diavolo state parlando? Io mi sono persa» chiesi, fissandole.

Kat aveva già preso il telefono e stava scrivendo. «Volevo fare la stessa domanda e quindi l'ho appena cercato e... Wow. Penso che riuscirebbe a conquistare le modelle anche se fosse un impiegatuccio senza un soldo.»

Voltò il telefono in modo che vedessi le immagini che aveva trovato. Guardai le prime tre, fermandomi a una in cui era a torso nudo, ovviamente una foto ripresa da un paparazzo mentre era in spiaggia. Indossava un paio di bermuda aderenti e aveva un corpo fa-vo-lo-so. Folti capelli scuri, occhi grigio argento. Oddio. Pensate a tutti gli attori sexy di nome Chris: Evans, Pine, Hemsworth and Pratt, riuniti in una sola persona, con il portamento e la presenza di Idris Elba o Pedro Pascal. Aggiungetevi un pizzico di Theo Adams.

Meravigliava che il telefono non si stesse fondendo in mano a Kat. Era quasi troppo sexy da guardare.

«*Quello* è il nerd delle auto a guida autonoma?» chiesi, ansimando appena un po'.

«Sì» rispose Kat. «Ma, per intenderci, io sono una donna sposata, quindi le mie mutandine non si stanno sciogliendo adesso. Se sono un po' calde è colpa della Jacuzzi. Dovremmo pensare a quale delle nostre amiche potremmo lanciarlo.»

«Magari l'amica di April, Sid» suggerii, desiderosa di aiutare. «Per aiutarla a superare il tizio che forse la tradisce.»

Il volto di April si scurì. Decisamente l'idea non le piaceva.

«Se non sapessi della storia con la sua ex-ragazza e il libro, direi che potrebbe essere gay, dato che quelli ultra-sexy spesso lo sono.» Kat sogghignò mettendo da parte il telefono. «Allora, perché il libro di memorie è così pericoloso? Riguarda roba di sesso in cui è coinvolto? Tipo perversioni?»

April scosse la testa. Era sempre il punto di riferimento per i pettegolezzi sulle persone famose. «Se lo chiedono tutti. Specialmente da quando la Tranxit ha ottenuto quel grosso contratto governativo. La causa si sta trascinando in tribunale. Sinceramente, se non le aveva fatto firmare un accordo di riservatezza prima di mettersi insieme, allora è un idiota. Ovviamente ci sono voci di tutti i tipi che girano, tipo che il libro racconterà che gli piacciono le orge e le perversioni. E visto il suo aspetto, c'è chi lo definisce "il vero Christian Grey".»

«Visto quanto vale finanziariamente, potrei prendere in considerazione un paio di manette e un frustino» si inserì Kat con un sogghigno. «È amico di Adam. Che segreti ti ha rivelato su di lui tuo marito?»

Mia storse la bocca. «Niente. Gli uomini non parlano di quella roba tra di loro. Dubito che Adam sappia qualcosa della sua vita privata, né gli interessa. I maschi sono stranamente poco curiosi riguardo agli altri uomini.» Ridemmo tutte alla sua espressione risentita. «Sinceramente, è sembrato molto caloroso con Adam, e con me per estensione, ma ha qualcosa che fa un po' paura.»

April annuì. «Io direi che intimidisce, ma sì, aveva sicuramente quel tipo di presenza.»

Piegai di lato la testa. «Cioè, pensate che sia pericoloso?»

«Voi ragazze ci state pensando troppo. Uomini come lui probabilmente vanno bene se volete solo una bella scopata, un po' di divertimento.» Kat alzò la sua flûte per farsela riempire di nuovo di champagne. «Forse l'influenza aristocratica del mio maritino mi sta contagiando, perché una volta detestavo appassionatamente il fottuto champagne. Questa roba invece non è niente male.»

Le chiacchiere passarono ad altri argomenti e io mi estraniai di nuovo, isolandomi nella mia testa. Osservai distrattamente Kat che sorseggiava il suo champagne, pensando a ciò che Lucas mi aveva detto il primo giorno in cui eravamo arrivati lì: che aveva fatto la scelta cosciente di dirle che l'amava ogni sera, come ultima cosa prima di dormire. Mi aveva fatto una tale impressione che non avevo più smesso di pensarci.

Quali erano i sentimenti di William? Era così difficile leggergli dentro. Ma sarebbe sicuramente stato il tipo da restare con qualcuno, anche se non l'amava più, per senso di lealtà e d'onore.

Prima di rendermi conto di parlare, rivolsi la mia domanda al gruppo. «I vostri uomini vi dicono spesso, a parole, che vi amano? Intendo dire, usando queste esatte parole?»

Le mie amiche si guardarono l'un l'altra e poi fissarono me. «Uh, io veramente non le conto» disse April.

«Non intendo il numero preciso.» Soffiai, frustrata. «Sto solo parlando in generale. Spesso?»

Mia fece spallucce, allargando le braccia sul bordo della Jacuzzi. «Un paio di volte la settimana, direi. A volte di persona, a volte in un messaggio.»

«Praticamente tutte le volte in cui facciamo sesso» disse April con un sorrisetto malizioso.

Kat rise di entrambe le sue amiche. «A me lo dice spesso. Ma quando è di cattivo umore non conta, quindi dovrei cancellarne parecchi.»

Ridemmo tutte insieme a quella battuta, ma io tornai seria in fretta, mordendomi il labbro. Quando alzai gli occhi, notai che mi fissavano tutte. Sbattei le palpebre.

«A te non lo dice?» chiese Mia.

Feci spallucce. «Beh, conosci Wil. Non è un gran parlatore.» Di colpo, avrei voluto avere in mano il bicchiere di champagne, solo per avere qualcosa da fare.

Mia si morse il labbro. «È vero. Ma ti ama, assolutamente, sai, anche se non lo dice spesso come vorresti. Magari parlane con lui.»

Sospirai. Parlarne con lui. Immagino che fosse una possibilità. Ma avrebbe potuto portare a una discussione, che non volevo, o metterlo sulla difensiva o addirittura farlo sentire insicuro. Oppure, oh Dio, e se avesse semplicemente spiattellato che non mi amava più?

Ugh. Mi faceva male lo stomaco.

«Probabilmente si tratta di frustrazione sessuale. Seducilo.» Fu il consiglio che mi diede Heath più tardi quel giorno, mentre eravamo nell'angolo lettura. Ero seduta lì a lavorare sulla sciarpa infinita, contemplando in silenzio le montagne, sperando di trovare un po' di pace interiore.

Heath e io avevamo parlato un po' e *questo* era il suo consiglio... Poco originale per un uomo suggerire il sesso come la cura per tutti i problemi.

Quello non era il nostro problema. William e io avevamo una vita sessuale ricca e soddisfacente. Ma non mi preoccupai di sconfessare l'ipotesi di Heath. Dopotutto, rispettavo l'amore di Wil per la sua privacy. D'altro canto, avevo già chiesto a parecchie persone come affrontare la questione del *ti amo*.

«William è sempre concentrato sull'album da disegno. Lo stavo osservando» disse più tardi Kat, durante una passeggiata all'aperto per sgranchirci un po' le gambe, quando William aveva rifiutato il mio invito.

Camminammo lungo il sentiero fino alla sorgente calda poco lontana. Ma solo un folle sarebbe andato a nuotare con quel tempo. Anche se l'acqua probabilmente era calda, l'aria decisamente *non* lo era. Kat tastò l'acqua con un dito, poi lo tolse, scuotendolo e dichiarando che era troppo calda. Immagino che ci saremmo accontentate della Jacuzzi al coperto.

«Mi ha detto che tutto quel disegnare è per un progetto speciale sul quale sta lavorando. So che non è roba di lavoro, perché l'ha notato anche Adam e gliel'ha chiesto, ma ha risposto di no. Non lo so, forse la sua musa lo sta ispirando.»

Ci voltammo per tornare da dove eravamo venute. «Ma non eri *tu* la sua musa?»

Feci spallucce. In quei giorni francamente non mi sentivo tale. Tornammo alla villa poco prima che fosse pronto il pranzo.

In effetti, avevo afferrato il suo album quando era uscito dalla stanza per andare in bagno e l'avevo ficcato dietro al cuscino della poltrona su cui era seduto. *Ecco fatto.* Adesso avrebbe dovuto prestare attenzione a me!

Ma ci vollero meno di tre minuti perché la coscienza cominciasse a rodermi dentro e cedessi. Wil era uscito dal bagno e si era diretto subito in cucina, fermandosi solo un attimo per chiedermi se volessi qualcosa da bere. Appena era sparito in cucina, avevo tolto l'album da dietro il cuscino e l'avevo rimesso dove l'aveva lasciato qualche minuto prima.

Proprio non riuscivo a farlo. Ma avrei certo preferito che non tornasse a disegnare subito dopo il pranzo, cosa che invece fece. Quindi mi sedetti accanto a lui e continuai a lavorare (male) a maglia. Quasi finita. Una volta che fosse stata una vera sciarpa, gliel'avrei avvolta intorno al collo e avrei insistito per passare un po' di tempo all'aperto.

Il suggerimento migliore arrivò da April, mentre ci stavamo preparando per la nostra attività pomeridiana, un assaggio di vini e formaggio in un ristorante locale di lusso.

«Ho un'idea. Dovreste fare qualcosa di divertente e romantico che lo obblighi a tenerti per mano tutto il tempo.»

«E che cosa potrebbe essere?» Mi preparai a un altro suggerimento sul sesso, come quello di Heath.

«Andate a pattinare sul ghiaccio!»

Scoppiai a ridere. Per la Dea, che bel suggerimento!

CAPITOLO QUATTORDICI
WILLIAM

NON MI PIACE PATTINARE SUL GHIACCIO. E *VERAMENTE* non mi piace restare fuori al freddo così a lungo. Mi pungono le guance. Ed è veramente sconcertante il fatto di vedere esattamente quanto fiato esalo ogni singola volta. Non mi piace riuscire a vedere l'aria. Non è naturale. Lo faccio notare a Jenna mentre andiamo verso la pista di pattinaggio nel piccolo villaggio di Whistler. Ma tutto quello che fa lei è ridere.

Ha sicuramente pensato che stia scherzando. A questo punto dovrebbe conoscermi meglio. Decisamente *non* sto scherzando.

Ma eccoci qui, a mettere i pattini da ghiaccio presi in affitto che sono stati indossati da qualcun altro di recente. «Ci sono oltre duecento diversi tipi di funghi che abitano il piede umano» borbotto mentre mi metto lo stivaletto.

«È il motivo per cui li spruzzano con un disinfettante dopo ogni uso. Inoltre, la gente ha le calze.»

«Non sono convinto che facciano un buon lavoro e coprano tutti i punti.»

Lei si piega sopra di me per aiutarmi a stringere i lacci e i suoi capelli chiarissimi ricadono in avanti, mettendo in mostra il lungo collo pallido. Ogni volta che vedo quel collo esposto, mi viene voglia di baciarlo. Tutte le volte. La maggior parte delle volte mi astengo.

La pelle dello stivaletto si chiude intorno alle mie caviglie e devo sopprimere una smorfia. Nuove esperienze. Abbiamo concordato, entrambi, che avremmo provato tutto almeno una volta, nei limiti del ragionevole. All'inizio della nostra relazione, ci siamo messi seduti e ne abbiamo discusso. Avrei potuto porre il veto su un massimo di dieci tipi di attività, qualunque cosa coinvolgesse le altezze, per esempio, era sulla lista dei no. Ma poteva contare su di me per provare le cose almeno una volta. Poi potevo dichiarare che qualcosa che avevamo fatto e che non mi piaceva poteva andare sulla lista di *cose da non rifare mai*. Il parco acquatico e i bagni di fango alla spa erano in cima a *quella* lista.

Dopo avermi stretto le stringhe, Jenna si alza, poi tira fuori qualcosa da un sacchetto di plastica che ha portato con sé. È la sciarpa di lana beige che ha lavorato per me. Il mio *regalo-speciale-fatto-a-mano* per Natale. Mi ha comprato anche altre cose, camicie nuove, calzini, qualche pubblicazione artistica, una penna stilografica e gessetti nuovi, della marca che preferisco. Ma la sciarpa, un prodotto delle sue mani, è la cosa più preziosa.

Ora me la sta avvolgendo intorno al collo. Gratta un po' sulle guance. Non mi piace la lana naturale sulla pelle, ma questo tipo è stato ammorbidito con la lanolina. È più tollerabile e ora le guance non pungono più tanto per il freddo. Inoltre, mi piace il modo in cui mi guarda mentre la sistema meticolosamente e me la lega intorno al collo. La guardo, studiando il suo viso mentre lei si concentra su ciò che stava facendo. È vestita di rosa chiaro, il colore che preferisco su di lei. È perfetto per lei, con la sua carnagione chiara, i capelli biondo platino e quegli occhi cerulei.

Bella. Da togliere il fiato. In effetti, sto trattenendo il fiato adesso che la sto guardando. Sulla testa, un berretto di maglia rosa pallido tirato sopra le orecchie, con i lunghi capelli di seta che ricadono sulle spalle. È splendida. Ed è mia.

E ha passato ore a imparare a lavorare a maglia mentre faceva questa sciarpa solo per me. Non è nemmeno lontanamente perfetta, cosa che le ho fatto notare. E lei migliorerà, continuando a fare pratica. Ma questa sciarpa è preziosa, anche se è un po' ruvida.

Non importa... È ora di andare sul ghiaccio con tutto il corpo in bilico su due lame sottili. Sembrava molto più facile guardandolo alla TV, alle Olimpiadi.

«Ho imparato a pattinare quando ero una ragazzina in Bosnia» dice Jenna prendendomi la mano. Di colpo sembra molto più piccola ora che sono in piedi e la guardo dall'alto. «A mio padre piaceva pattinare, quindi ci portava in campagna e pattinavamo su un lago gelato chiaro come il cristallo. Ricordo quei giorni ogni volta che vado a pattinare.»

Un ricordo dolce. Mi piacerebbe di più se non fossi spaventato a morte. Quando arriviamo all'entrata della pista, il mio cuore comincia a battere forte e il mio fiato, così visibile a ogni respiro, va dappertutto. Ancora più irritante. Sono così distratto dal mio respiro pesante che annebbia tutta l'aria intorno a me che quasi non mi accorgo del momento in cui le lame colpiscono il ghiaccio. E quasi faccio un volo.

No, no. Okay. Ho provato. Non mi piace, come prevedevo, e adesso basta. È ora di aggiungerlo alla mia lista.

«Spostati verso la ringhiera, Wil! Usala per restare in piedi.»

Faccio come chiede, muovendomi goffamente verso il bordo.

«Mi romperò la testa su quel ghiaccio.» Indico il ghiaccio per sottolineare quello che potrebbe succedere.

«Non ti romperai la testa. Io sono proprio qui.»

Le guardo i piedi. È diritta, sicura sulle lame come se avesse vissuto tutta la vita in quel modo. Faccio una smorfia. Non è divertente. Non è per niente divertente. È ufficiale: non mi sto divertendo e non mi sono divertito fin da quando mi sono infilato gli stivaletti presi a noleggio della cui pulizia dubito fortemente.

Sono ancora aggrappato alla ringhiera, immobile, come fosse la mia ancora di salvezza. «Vorrei farti notare che il mio peso e la mia massa in generale sono una volta e mezza i tuoi, quindi non vedo come potresti impedirmi di cadere e rompermi la testa.»

Una nuvoletta sfugge dalla bocca di Jenna che sembra stia cercando in tutti i modi di non ridere. «Potrei attutire il colpo se cadi. Potresti cadere su di me.»

Le do un'occhiata. «Preferirei rompermi la testa che far male a te.»

«Non farai nessuna delle due cose. Dai, Wil, una volta intorno alla pista e vedrai che resterai in piedi come un professionista. Scommetto che ti piacerà abbastanza da fare altri giri!»

Si sbaglia. Non mi piace nemmeno un po' e ci mettiamo quasi tre quarti d'ora per tornare al punto da dove siamo partiti. Adesso non sta sorridendo tanto.

«Ho freddo e questa nebbia rende difficile vederci» le dico.

«Sì, sì. L'avevo capito, è la quinta volta che me lo dici.» Adesso sembra sfinita, stanca e non la solita Jenna effervescente. Continua a insistere per tenerci per mano mentre io mi muovo a fatica, ma non mi fido. Ho entrambe le mani agganciate alla ringhiera e avanzo pochi centimetri per volta. La fine è quasi in vista.

Finalmente arrivo, felice, e passo il resto del tempo seduto in tribuna a bere cioccolata calda mentre la guardo pattinare con grazia contro lo sfondo delle montagne pallide tutte intorno a noi. Lei riesce a disegnare dei cerchi e perfino a pattinare all'indietro. Guardarla è molto più divertente che tentare di girare intorno alla pista su quelle lame mortali.

Gli occhi mi lacrimano ancora per il freddo, ma le mani sono calde, grazie alla cioccolata. Le mie guance sono calde, grazie alla sua sciarpa imperfetta e ruvida. Non è l'ideale, ma è molto meglio che rischiare la vita sul ghiaccio. Inoltre, ho il vantaggio di ammirare la mia bella ragazza scivolare sul ghiaccio con un sorriso quasi infantile sul volto. Mi fa venire in mente un altro disegno a inchiostro nero e acquerello che mi piacerebbe fare. Ma prima devo finire un progetto importante. Sfortunatamente, l'album da disegno è rimasto in casa. Mi segno mentalmente di andare a prenderlo appena torneremo.

Fortunatamente, l'album è esattamente dove l'ho lasciato.

Mi metto al lavoro. Jenna mi informa che è stanca e che vuole fare un pisolino. Annuisco e poi mi chiede se non mi piacerebbe fare un pisolino con lei. Ma sono così concentrato sulla nuova ispirazione per il mio progetto che voglio cominciare subito. Inoltre, non mi sono mai piaciuti molto i pisolini. A pensarci bene, nemmeno a lei. Pattinare sul ghiaccio deva averla sfinita. Ma mentre stava andando nella nostra stanza, la sento borbottare tra sé e sé che sono poco romantico.

Mentre continuo a disegnare, la cosa mi disturba un po'. Decide di chiedere ai miei amici di darmi qualche idea su come farle qualche sorpresa romantica. Ovviamente non lo chiedo a Jordan. Dà sempre pessimi consigli.

«Mmm» dice Adam. Poi prende un foglio piegato dalla testa e lo scorre. «Oh, eccone una che probabilmente non avrò la possibilità di usare. Preparale un bel bagno di schiuma e fallo con lei. So che detesti lo champagne, ma forse potresti mettere del succo di frutta in una flûte o roba simile?»

Non è una cattiva idea.

Ma adesso ho bisogno dei suggerimenti di qualche donna sul modo migliore di preparare un bagno di schiuma, quindi, quando Kat passa accanto alla mia poltrona qualche minuto dopo, le chiedo se è occupata.

«Sto solo mettendo la tazza nel lavandino. Di che cosa hai bisogno?»

«Ti piacciono i bagni di schiuma?»

Lei sbatte le palpebre. «Mmm, che domanda strana. Non mi capita spesso di farli, ma, sì, possono essere molto piacevoli.»

Mosse la testa come per dare un'occhiata a quello che sto disegnando, ma chiudo l'album prima che ci riesca.

«Vorrei preparare un bagno per Jenna.»

L'espressione di Kat cambia di colpo. «Oh, le piacerà. Posso darti qualche idea. Decisamente devi usare un paio di bombe da bagno.»

Immagino un'esplosione nel mezzo dell'acqua saponosa, come una nuvola a forma di fungo in miniatura che si solleva nell'aria con una forza violenta. Forse come un geyser? Non mi sembra né riposante, né rilassante, né romantico.

Kat deve aver percepito la mia confusione perché poi si spiega: «È un prodotto che si mette nell'acqua che si scioglie, la profuma favolosamente e rende la pelle morbida».

«Ma perché è... una bomba?»

Lei china di lato la testa e fissa il soffitto. «In effetti, non ne ho idea. Dovresti chiedere ad Anna di scegliere qualcosa per prepararle un bel bagno. Assicurati che sia caldo ma non troppo.»

È una buona idea. In questo momento qualsiasi cosa calda mi sembra allettante e sono ansioso di provarla con lei. La vasca nella nostra suite è decisamente grande a sufficienza per entrambi. Ed è preferibile al fare attività all'aperto, dove non possiamo nemmeno respirare senza vedere ogni singola esalazione come una nuvoletta di nebbia.

Prendo il telefono e mando un messaggio alla concierge chiedendole di procurarmi del bagnoschiuma speciale o delle bombe da bagno. E dei petali di rosa.

CAPITOLO QUINDICI
KATYA

«**A**LLORA... COME VA LA PREPARAZIONE PER LA grande gara di sci? Stai concentrandoti per mostrare a quell'uomo qual è il suo posto?» mi chiese Mia con un sorriso sopra una tazza di tè pomeridiano.

Alzai gli occhi dal tablet dove stavo studiando la mappa delle piste da sci del comprensorio Whistler-Blackcomb e feci un respiro profondo ed esasperato. Questa storia della gara era andata troppo oltre e la gente stava prendendo troppo sul serio quella stupidaggine, accidenti. Non che...

«Adesso non deludermi» mi disse cantilenando. «Ho scommesso cinquanta dollari su di te.» Oh cavolo! Diavolo, adesso c'erano addirittura in ballo dei soldi?

Inarcai un sopracciglio. «Tuo marito è un miliardario. E ti preoccupi per cinquanta dollari?»

Lei abbassò pudicamente la testa e fece spallucce, con un sorriso timido sul volto. «Sono soldi miei, non i suoi. Inoltre è il principio che conta. Potere alle donne eccetera. Devi mostrare a Lucas chi è il capo.»

«Come hai fatto tu con Adam?»

Lei rise, quella sua risata adorabile che finisce in un grugnito. «Giusto. Ovvio. È l'ordine naturale delle cose.»

Sospirai nella mia tazza. Quella maledetta gara di sci mi stava ufficialmente rovinando una vacanza che avrei dovuto godermi. Cioè, quando non mi stavo stressando pensando se le mie capacità sarebbero state sufficienti, mi stressavo chiedendomi perché mio marito si stesse comportando come se fosse preoccupato e mi evitasse tutte le volte che volevo parlare con lui.

Avremmo dovuto goderci le piste, noi stessi e la nostra cerchia di amici, no?

Non riuscivo a smettere di pensare a Lucas che parlava di piste nere mentre scendevamo dall'elicottero. Seduta a bere il tè e a chiedermi dove diavolo fosse sparito, continuai a pensarci. Non avevo mai veramente sciato su una pista nera.

La verità era che, al massimo, ero stata una sciatrice mediocre. Salivo in montagna con gli amici nei finesettimana, normalmente Grouse Mountain o Cypress, che erano molto meno costose e più vicine alla città ma non sofisticate e chic come Whistler.

Whistler era la casa delle piste nere super, roba da morte certa. E avrei gareggiato con mio marito su una di quelle. Che cazzo stavo pensando?

Non stavo pensando, ecco qual era il problema. Avevo permesso che uno stupido scherzo andasse troppo oltre e poi che il mio ego e il mio orgoglio facessero il resto.

Ed ero quasi certa che avrei perso con mio marito, l'uomo che aveva sciato in tutto il mondo. Ora dovevo trovare il modo di salvare sia il mio bel collo *sia* il mio orgoglio.

E questo significava niente piste nere. Non c'era la minima possibilità che ne facessi una e sopravvivessi. Dovevo trovare un compromesso e, dato che il re della perseveranza in persona aveva parlato di fare una pista blu invece di una nera, potevo addebitare a lui il cambio. Gallina che canta ha fatto l'uovo eccetera.

Era stata una *sua* idea. Io sarei stata magnanima e glielo avrei concesso. Ero generosa, ecco tutto. E lui sarebbe stato così grato che gli avrei permesso di esprimere la sua gratitudine regalandomi numerosi, strabilianti orgasmi.

Mio marito aveva un gran talento con la lingua. Fortunata me. Ma dato che il sesso orale non era una cosa che si potesse godere racchiusa in un'ingessatura totale, questa faccenda della pista nera doveva cambiare, e in fretta.

«Lucas mi ha detto che sarebbe stato più facile per tutti poterci guardare se avessimo gareggiato su una pista blu invece di una nera. Quelle nere sono molto in alto e non ci sono molti punti dove potrebbero stare degli spettatori.»

Poteva essere una completa bugia. Probabilmente lo era, dato che le gare di sci alpino alle Olimpiadi Invernali si erano tenute proprio lì. Ma finché nessuno me lo faceva notare, e finora Mia non lo stava facendo, avrei lasciato che il suggerimento prendesse piede.

Mia aggrottò le sopracciglia e annuì. «Beh, mi sembra logico. Purché non sembri una noia e troppo facile per nessuno di voi due... Perché no?»

Sospirai e mi ispezionai le unghie, corte e scheggiate come al solito, poi feci spallucce. «Oh, non sarà noioso. È così bello sulle piste che tanto vale che mi goda il panorama mentre faccio il culo a mio marito, giusto?»

Mia grugnì di nuovo, questa volta più forte.

Bene, ero riuscita a ottenere di fare la gara su una pista intermedia. Grazie al cielo. Se non l'avessi stoppata subito, chissà dove sarebbe finita questa cosa per la fine della settimana. Conoscendo Jordan, avrebbe potuto farla diventare una folle discesa estrema fuoripista su un pendio verticale da raggiungere in elicottero.

Grazie al cielo, ero stata abbastanza dura da prendere il controllo di questa stupidissima cosa e farla mia. Quindi niente Raptor's Ride, Racer Alley o Catskinner per noi. Le alternative sembravamo molto più carine: Crystal Glide, Cruiser, Crabapple.

Come seconda cosa, dovevo affrontare la dura realtà che mi sarebbero servite delle lezioni per rinfrescare le mie capacità e il più presto possibile. Mentre mio marito si stava preoccupando per qualunque fosse la situazione al lavoro, cercando disperatamente di nascondermi che era stressato, avrei usato questa sua distrazione a mio vantaggio. Avrei discretamente e segretamente prenotato lezioni private con un istruttore di sci.

«Allora, vuoi partecipare anche tu al mio complesso giro di scommesse?» Jordan ebbe il fegato di avvicinarmi poco dopo, telefono e pennino in mano, come se stesse aspettando col fiato sospeso di aggiungermi alla sua lista.

Ripiegai le mani sul petto. «Dipende. Qual è la mia quota?»

Lui guardò lo schermo strizzando gli occhi. «Non ti ho visto in azione, quindi niente quote per ora. Più tardi uscirò con il tuo maritino, quindi...» Fece spallucce e mi rivolse un sorrisetto diabolico.

Testa di rapa. A volte mi veniva voglia di prenderlo a schiaffi, ma April probabilmente non mi avrebbe mai perdonato se avessi sciupato la sua bella bestia, quindi meglio non farlo.

«Ci stai? E tutte le scommesse sono in soldi veri, tanto perché lo sappia.»

Lo guardai con un'espressione ironica. «Soldi *veri*. All'opposto di che cosa, Bitcoin?»

Jordan scosse la testa, con uno scintillio negli occhi che avrei dovuto riconoscere prima che aprisse quella boccaccia. «Soldi veri, non dollari canadesi. Mai fidarsi di banconote così colorate.»

Gli mostrai il dito medio. A volte era il modo migliore di trattare con Jordan. Breve, diretto e non sollecitava un'ulteriore risposta da parte di quel gran chiacchierone.

Inoltre, dovevo procedere al secondo passo del mio piano per gestire l'imminente umiliazione sulla pista.

Entro mezz'ora mi ero messa in contatto con la nostra favolosa concierge, Anna. Grazie al cielo, con un messaggio al telefono. Tutte le volte che era con noi di persona, sembrava completamente presa da Jordan. Chiaramente era attirata solo dal suo aspetto e non aveva passato abbastanza tempo con lui da rendersi conto di quanto fosse irritante.

Anna: *Posso fare qualche telefonata e vedere chi c'è disponibile, ma sarà difficile trovare un istruttore. In questo momento dell'anno la richiesta è fortissima, dato che sono a disposizione del pubblico in generale.*

Guardai il telefono con una smorfia. Che cavolo di risposta era? I concierge non erano lì per offrirci un servizio speciale? Non era quello per cui erano pagati?

Inoltre ne avevo bisogno, accidenti. Non avevo intenzione di permettere a una donna che flirtava apertamente con un miliardario palesemente già impegnato di rovinare il mio piano.

Strinsi i denti e mi sintonizzai con la più odiosa caricatura delle *Real Housewives* cui riuscii a pensare e scrissi furiosamente.

Io: *Questo non dovrebbe essere un servizio di alta gamma in un resort di alta gamma? E lei non è una concierge di alta gamma specializzata nel fornire esperienze di alta gamma?*

Non facevo mai cose simili e quasi mi stavo detestando, anche se si trattava di qualcuno che attualmente stava pestando i piedi alla mia amica. Ero furiosa per conto di April. Quindi perché non calcare la mano? Probabilmente era l'unico modo per ottenere un risultato da una persona come lei, che probabilmente pensava che la sua priorità fosse soddisfare i suoi clienti primari, Adam e Mia.

Anna: *Oh, sì, certo. Ci sono alcuni istruttori che avranno delle ore libere. Ciò che intendevo dire era che potrebbero essere a un orario meno comodo, tipo il tardo pomeriggio o l'ora di cena.*

Guardai lo schermo con un'espressione pensierosa. Tardo pomeriggio? Cena? Sciare al crepuscolo? Un po' oltre le mie capacità ma fattibile, se era proprio necessario. Magari avrei potuto migliorare con un battesimo di fuoco.

Io: *Okay, mi prenoti per quelle ore. Sono veramente ansiosa di prendere alcune lezioni al più presto, a cominciare da domani.*

Mezz'ora dopo, Anna mi rispose con un orario. Fare la stronza con una stronza portava a ottenere risultati. L'appuntamento era la mattina presto, e proprio il giorno dopo.

Con un sospiro, immaginai che avrei stretto i denti e lo avrei fatto. Poi avrei messo in pratica sulle piste durante la giornata quello che avevo imparato dalla lezione.

Dato che avevo una piccola finestra di tempo libero nel pomeriggio, decisi di cominciare immediatamente, ma nel mio elemento. La nostra elegante villa era attrezzata con praticamente tutti i tipi di console conosciuti: PlayStation, Xbox, Occulus, Vive, Nintendo Switch, tutto quanto. Con una TV ultimo modello, sistema audio e tutti gli optional per completare il pacchetto.

Feci log-in nel mio account sulla rete PlaysStation e scaricai immediatamente Steep, il videogioco sullo sci alpino.

Ero anche brava. Beh, ero brava a qualsiasi videogioco avreste potuto mettermi davanti, dopo un minimo di tempo per capire come funzionava. Certo, non era proprio come sciare veramente, non ci si avvicinava nemmeno, ma mi avrebbe fatto entrare nello spirito giusto e avrebbe affinato i miei riflessi per l'impegno del giorno dopo con la cosa vera. In quel momento, giocare era meglio che non fare niente.

«Oh, mio Dio» sbuffò Mia sedendosi accanto a me sul divano. «Non stai veramente allenandoti con un videogioco per la tua gara contro tuo marito?»

Mi appiccicai sul viso la mia espressione più sbalordita, come se non potessi nemmeno credere che l'avesse suggerito. Con la bocca aperta, spalancai gli occhi che formarono due grandi O. Se avessi avuto una mano libera, avrei potuto piazzarmela, a dita aperte, in mezzo al petto a segnalare la mia assoluta sorpresa davanti all'assurdità del suo suggerimento. Ma i miei pollici erano occupati a manovrare i tasti R3 e L3 sul controller.

«Oddio, Mia. Non riesco a credere che l'abbia suggerito. Cioè, dai. Sei una videogiocatrice. Capisci che a volte una ragazza abbia bisogno di sfogarsi un po'. Ecco tutto. Non ha niente a che vedere con quella stronzata di gara. Come puoi solo immaginarlo!»

Mia sembrò sorpresa, come se fosse veramente scioccata di avermi fatto arrabbiare. *Bene.* L'avevo distratta facendole pensare di avermi fatto un terribile torto. Funzionava sempre. Specialmente con Mia.

Si precipitò a scusarsi. «Stavo solo scherzando. Mi-mi dispiace...»

«Tutto okay, tutto okay. Niente di male» le risposi magnanima. Era ora di cambiare argomento e riportare l'attenzione su di lei. Appena caddi, misi in pausa il gioco. «Allora, come sta Adam? Si comporta ancora in modo strano? Forse è una cosa da genio. Ho sentito che in qualche modo devono compensare tutta quella potenza cerebrale.»

Lei aprì la bocca per rispondere, ma si aprì la porta d'ingresso ed entrarono alcuni degli uomini. Erano stati nella stanza dei giochi del nostro resort a giocare a biliardo e farsi qualche birra. Ma, a quanto pareva, avevano finito.

Sfortunatamente, non spensi abbastanza in fretta il videogioco. Maledizione i miei riflessi erano già arrugginiti. Ovviamente, una volta che quegli sciocchi si accorsero che stavo giocando a Steep, dovettero intervenire con i loro stupidi commenti.

Il migliore venne da Adam che aveva deciso di far ricominciare il gioco, dato che avevano già visto a che cosa stavo giocando, e rifare una discesa prendendo il tempo. Forse la pista sembrava sospettosamente simile alla discesa K12 che Lane Meyer aveva dovuto fare su un solo sci nel film *Better Off Dead.*

Nella sua migliore imitazione del ragazzo dei giornali, Adam disse: «Voglio i miei due dollari. Due dollari! *Ahhhhh*».

Immagino che qualcuno potesse fare una battuta su un film degli anni Ottanta, quello sarebbe stato Adam, il signor "Sono ossessionato dagli anni Ottanta" in persona.

Avrei dovuto chiedermi chi stavo prendendo in giro sciando in un videogioco. Ma mi dava un minimo senso di controllo sulla situazione. Almeno ero riuscita a farci retrocedere da una pista nera da suicidio a una intermedia. Almeno quello.

Riuscivo a vedere i titoloni: ragazza del posto decide di competere con suo marito, si rompe il collo in montagna rendendolo vedovo dopo appena nove mesi e mezzo di matrimonio. Il resto in cronaca.

Ovviamente, quello presumeva che fossi *io* a rompermi l'osso del collo. Magari mi stavo ficcando in una situazione in cui sarei diventata vedova alla veneranda età di quasi ventisette anni. *Maledizione*. Una volta, in passato, forse non mi sarebbe importato mettere in grave pericolo il mio attuale marito, allora solo un irritante collega, ma non più! Come minimo, avevo bisogno di lui per soddisfare i miei bisogni sessuali. Inoltre, mi andava bene averlo in giro anche per altri motivi.

Okay, okay, amavo quel tizio. Ma non avevo mai pensato che ci avrebbero messo l'uno contro l'altro.

Come diavolo ero finita in una situazione simile?

Capitolo Sedici
Lucas

AVREI VOLUTO CHE MIA SORELLA JULIA FOSSE LÌ, PER darmi qualche consiglio. Julia era un'ottima discesista e lo era sempre stata. Crescendo, avevo lasciato che fosse quello il suo punto forte e io mi ero attenuto ai miei. In uno skiff da regata, con un remo in mano, avrei battuto tutti. Sciare però? Non faceva proprio per me.

E fare una gara con mia moglie giù per una montagna? *Decisamente* non faceva per me. L'unico posto dove volevo fare a gara con mia moglie era a letto. Nudi. E più lei rimbalzava, meglio era.

Guardai in basso dalla cima della pista dove mi trovavo e sospirai. Anche se la gara era stata declassata a una pista blu intermedia, Jordan era riuscito a convincermi a venire su questa pista più complessa, facendolo passare per un modo per tornare in gioco. Eravamo di lato, appena scesi dalla seggiovia, e mi stavo preparando psicologicamente a tentare questa follia. Avrei probabilmente potuto contare su una o due mani il numero di volte che avevo tentato di fare una pista nera e questa era una nera super. Jordan e April, accanto a me, sembravano pronti e impazienti di andare e ugualmente irritati per il mio ritardo.

Jordan mi aveva tormentato tutto il giorno dicendomi di muovere il culo e andare ad allenarmi. A quanto pareva, aveva puntato dei soldi sulla gara e io ero il suo cavallo vincente.

Beh, meglio un cavallo vincente di un somaro, cosa che era *lui* in quel momento.

«Dai, amico. Siamo qui fermi da quasi un quarto d'ora. Andiamo» sbuffò Jordan, sbattendo la sua tavola sulla neve e agganciando il piede agli attacchi. April era accanto a lui, la perfetta coniglietta da discesa. Giacca e pantaloni da sci verde-blu, guanti e cappello rosa acceso. Occhiali, sci, racchette e scarponi costosi. Era pronta a spingersi giù per la montagna. Da quanto avevo potuto mettere insieme negli anni in cui eravamo stati amici, avevo avuto l'impressione che anche April fosse cresciuta in una famiglia facoltosa e che quindi non fosse estranea alle piste da sci. Ero probabilmente sul punto di deludere entrambi con le mie scarse abilità.

«Perché stai scommettendo su un cavallo che si rifiuta di correre?» chiese April a Jordan con la voce ridente. Poi mi rivolse un sorriso di scusa, quasi compassionevole.

Mi irritai. «Non sono un purosangue. E perché siamo su una pista così avanzata quando eravamo già d'accordo per una intermedia?»

Jordan agitò una mano con indifferenza. «Noooooioso. Vivi un po', fratello. Sì, la gara sarà su una di quelle piste blu per bambini, ma se ti alleni su questa nera super sarai ancora più pronto a farle il culo.»

«Non ho nessun interesse a fare il culo a mia moglie, grazie tante. Ha un sedere eccezionale. L'ultima cosa che vorrei fare a quel culo è prenderlo a calci.»

Jordan si chinò verso di me, come se stesse dando spiegazioni a un bambino. «*Ma*, non vuoi essere costretto a baciare quel culo per il resto della tua vita, giusto?»

«A me non dispiacerebbe se *tu* baciassi un po' di più il mio culo, ogni tanto» si intromise April mentre si sistemava la sciarpa che aveva infilato nella giacca. «Allora, andiamo o no? Stiamo sprecando ore di luce e il freddo aumenta.»

«Sì, sì, datemi solo un minuto.» Voltai i miei sci verso l'inizio della discesa. Lì, sciatori e snowboarder impavidi scendevano agilmente dalla seggiovia e si dirigevano immediatamente verso la pista.

«Okay, ci siamo.» Jordan aveva finalmente perso la pazienza e si era dato una spinta verso il bordo e aveva cominciato prima di noi a scendere disinvolto lungo la pista dalla pendenza da capogiro. Con un sospiro di piacere, April si diede una spinta con le racchette e lo seguì. Con un sospiro tutt'altro che di piacere, mi sistemai gli occhiali, afferrai le racchette e seguii esitante April.

Non ci volle molto perché cominciassero i guai. Forse ero finito su una lastra di ghiaccio, o un sasso, o chissà che cosa, magari solo un soffio d'aria cui non ero piaciuto. E caddi, scivolando di fianco sulla coscia e il sedere finché arrivai a una parte piatta dove finalmente rallentai fino a fermarmi.

Ahi. La neve sembra molto più morbida giù nella valle o dovunque, eccetto che un fantastiliardo di metri di altezza sul fianco di uno strapiombo. Fortunatamente, avevo fatto molta pratica a rimettermi in piedi da una posizione supina sugli sci, quindi spinsi sulla racchetta destra, come avevo imparato, e infilai lo spigolo degli sci sul pendio. Non era una mossa elegante, per niente. Probabilmente assomigliavo a una tartaruga sulla schiena che cercava di raddrizzarsi.

Quando Jordan e April notarono che non ero più immediatamente dietro di loro, si fermarono e aspettarono che li raggiungessi. Avevo la sgradevole sensazione che sarebbe stato così per il resto della discesa e che ci sarebbe voluto molto più tempo di quanto sarebbe piaciuto ai miei compagni. Suggerii che andassero avanti e che li avrei raggiunti, ma, ovviamente, Jordan non ne volle sapere.

«Amico, sei veramente così arrugginito?»

No, sto facendo finta, avrei voluto rispondergli, fissandolo furioso da dietro gli occhiali, ma non ero sicuro che se ne fosse accorto. «Immagino che *arrugginito* sia un buon modo per descriverlo.»

Lui scosse la testa.

Forse sarebbe andata meglio, se non avesse insistito per una pista nera super per farmi tornare *in pista.*

«Andate avanti» ripetei.

«Andremo avanti un po' e troveremo un buon punto per fermarci e assicurarci che non ti sia rotto l'osso del collo.»

Pensiero stupendo, *vaffanculo.*

Il tratto seguente andò più o meno allo stesso modo. Ma dopo quello, mi dissero di andare avanti. In quel modo potevano assistere alla mia umiliazione in tempo reale. A metà del segmento successivo colpii quel mistico soffio d'aria che avevo colpito prima, persi l'equilibrio e finii per scendere per il resto del percorso, questa volta sull'altro fianco. Almeno avrei avuto una equa distribuzione di lividi sul corpo, alla fine di tutto. Quando fossimo finalmente arrivati in fondo, speravo in quel secolo, sarei assomigliato a un ghiacciolo più di quanto desiderassi.

«Stai bene?» chiese April, alzando gli occhiali per controllarmi e strizzando i suoi profondi occhi azzurri nella luce vivida che si rifletteva sulla pista illuminata dal sole.

Jordan fece un gesto indifferente con la mano. «Sta bene. Dai, amico alzati. Andiamo. Adesso ti sei scaldato. Basta cadute. Niente ossa rotte, giusto?»

«Sto *bene*» gli risposi quasi ringhiando. Grazie al cielo aveva teso una mano per tirarmi in piedi. Altri due segmenti della pista andarono allo stesso modo. Le cadute sembravano succedere in punti casuali, senza alcuna logica. A volte riuscivo solo a fare qualche metro prima di cadere, altre volte riuscivo a fare tutto il percorso fino al punto di sosta della pista.

Non prometteva bene per la grande gara. Se non avessi indossato indumenti da sci impermeabili, sarei stato fradicio e gelato dalla testa ai piedi.

A un certo punto, Jordan dichiarò che ero senza speranza. «Mi sto stancando di fermarmi e tu non mi permetti di godermi questi pendii meravigliosi» borbottò. «Non abbiamo niente di simile in California.»

«Tahoe ha un mucchio di belle piste» lo corresse April.

Jordan continuava a fissarmi e a parlare. «Forse dovresti ritirarti adesso e salvarti il collo mentre è ancora intatto.»

«Forse dovresti farti gli affari tuoi e lasciarmi in pace» risposi ringhiando.

«Buono, ragazzo» disse lui, alzando le mani come per arrendersi. «Stai calmo.»

Rialzandomi per l'ennesima volta, spazzolai via la neve come meglio potevo e mi feci forza, appoggiandomi alle racchette.

«Potresti tentare di convincere Kat a lasciar perdere. Se non ci sta, puoi rendere la cosa più allettante dichiarando che sarai il suo schiavo del sesso per tutto l'anno prossimo.» Jordan fece spallucce. «Ma questa alternativa mi fa perdere dei soldi, quindi non mi piace.»

«Grazie per i consigli su come negoziare» ringhiai.

«A me sembra un'ottima idea, Jordan.» April annuì entusiasta. «Penso che tu e io dovremmo fare un patto simile. Chi arriva per ultimo in fondo a questa pista sarà lo schiavo sessuale del vincitore.»

Jordan alzò il mento sogghignando. «Tu vuoi farlo solo perché sai che vincerai. Non sono uno sciocco. Niente da fare.»

April si mise in posa e fece sporgere il labbro in un broncio esagerato. «Allora almeno per una notte.»

Jordan sorrise. «Stanotte, per una notte.»

«Voi due potreste andarvene da un'altra parte con i vostri preliminari?» sbottai, stizzoso. C'era chi stava cercando di capire come superare i prossimi giorni senza rompersi il collo su una montagna a migliaia di chilometri da casa.

«Va bene, fratello. Probabilmente non andrà molto bene.» Indicò la discesa. «Vai da quella parte, veloce. Se qualcosa si mette in mezzo, svolta.»

Gli rivolsi un gesto volgare per indicargli quanto apprezzassi il suo utilissimo consiglio. Con una risata, lui si voltò e si diede una spinta senza avvertire April. Lei gli urlò dietro e poi si diede una spinta sua volta, raggiungendolo in fretta nonostante le mosse ardite e appariscenti da snowboarder.

Sospirai. Nonostante fossero irritanti, facevano sembrare la discesa molto più facile di quanto realmente fosse. Raddrizzai le spalle, preparandomi a seguirli molto più lentamente. Non c'era altro modo per arrivare in fondo a quella maledetta montagna. Dopo aver aspettato qualche minuto che Jordan e April se ne fossero andati, strinsi i denti, mi appoggiai sulle racchette e mi diedi una spinta, pregando di non finire per ammazzarmi.

Molto tempo dopo (dai dolori in tutto il corpo mi sembrava di essere invecchiato di anni, come minimo) riuscii ad arrivare in fondo alla montagna. Mi faceva male dalla cima della testa fino alle caviglie e camminavo come un ottuagenario.

Non era stata una bella giornata per me e avevo dovuto sopportare altri sbeffeggiamenti da Jordan anche più tardi quella sera, una volta tornati a casa. Se non fosse stato il mio capo, e se mi fossi sentito la mia età più sessant'anni, avrei potuto lasciarmi trascinare e dargli un pugno per farlo stare zitto.

La ciliegina sulla torta di un giorno da schifo? Quando la mia sexy mogliettina ci provò con me quella sera. Ero così dolorante e miserevole, anche dopo aver preso la dose massima di ibuprofene, che non riuscii a darle ciò che voleva. Quindi, sentendomi un ottantenne in più di un modo... Quasi, *quasi* le suggerii di annullare la gara. Ma lei tirò in ballo la gara proprio dopo il mio fallito... uhm... lancio. Dato che il mio ego era più ammaccato del mio corpo, non potevo lasciar perdere.

Avevo solo bisogno di allenarmi, su una pista intermedia.

E di altri antidolorifici, decisamente di tanti antidolorifici.

Capitolo Diciassette
Mia

Per il secondo giorno di fila, mi alzai presto dal letto e Adam era ancora nel mondo dei sogni. Ci alzavamo entrambi presto in quei giorni, per pura necessità, ma io ero raramente la prima fuori dal letto. Uscii in punta di piedi dalla stanza, lasciandolo dormire. Si stava ancora comportando in modo strano e non avevamo fatto molta strada oltre alla bravata di fare il bagno nudi con il pericolo di morte a causa di un orso immaginario nella sorgente calda lungo il sentiero.

Una parte del gruppo aveva scelto di andare nuovamente a sciare quel giorno, e altri volevano partecipare alle attività che avevo programmato. Ci godemmo un lungo giro panoramico in funivia che ci fece attraversare la valle tra Whistler Mountain e Blackcomb Peak. Era un percorso stupendo, anche se il povero William si era astenuto, dichiarando che non gli piacevano le altezze.

Pranzammo magnificamente in un piccolo rifugio in cima alla montagna, poi ci divertimmo facendo un po' di discese con le camere d'aria su un dolce pendio nelle vicinanze della villa. Tutto il divertimento sulla neve che avremmo voluto e che non avremmo mai potuto avere dove vivevamo.

Quella sera l'intero gruppo si riunì di nuovo e cenammo facendoci portare la cena da un servizio di catering. April sembrava stressata e turbata per qualcosa, ma quando la presi da parte in cucina, non volle parlare. Forse aveva a che fare con la sua tesi?

Le misi un braccio sulle spalle. «Beh, sai che puoi venire a parlare con me tutte le volte che vuoi, vero. Per qualsiasi cosa.»

Quando cominciammo a giocare quella sera, era mio marito che esibiva un comportamento strano.

Adam era... *strano*.

Insisteva che ci tenessimo per mano, un sacco, molto più del solito. Tutte le volte in cui la mia mano non era impegnata in qualcosa di importante, come tenere le carte o lanciare i dadi, era lui che me la teneva. Non mi lamentavo. Quale donna non avrebbe voluto avere un maschione sexy al suo comando? Mi piaceva quando ci tenevamo per mano. Ma mi stava anche toccando in un modo che non era così... naturale. Era strano, come se dovesse rammentarsi di farlo.

Tocca Mia una volta in vita, due volte sulla schiena, tre volte sulle spalle. Come se stesse spuntando le voci da un elenco, o controllando una subroutine di programmazione.

Qualcuno suggerì il gioco delle venti domande. Un giocatore a turno sceglieva una carta dal mazzo e, senza guardarla la teneva sulla fronte, in modo che altri potessero leggere l'identità senza che lui, o lei, lo conoscesse. Ognuna delle carte indicava un personaggio famoso: storico, contemporaneo o di fantasia. Si potevano fare venti domande che avevano una risposta sì/no per ottenere indizi sull'identità. Vinceva la persona che indovinava facendo meno domande. In caso di pareggio, si procedeva con uno spareggio. Tre di noi arrivarono allo spareggio: Jordan, Adam e io.

Ma i due stronzi bararono e io persi, perché mi ingannarono alla primissima domanda: "Sono maschio o femmina?" e risposero maschio, senza esitare. A quel punto mi ci vollero troppe domande per capire che si trattava di R2D2.

«Non è giusto» dissi guardandoli a occhi stretti. «R2D2 non è un maschio e voi avete detto che lui lo era.»

«Hai appena usato il termine "lui" per definirlo, quindi significa che è un maschio» disse Jordan.

«Non c'entra nulla. I droidi non hanno un genere.»

«C3PO è un maschio» ribatté Adam.

«È solo perché gli dà la voce Anthony Daniels, che è un uomo. Ma R2 non ha nemmeno la voce. Come fate a dire che è un maschio?» Questa volta non caddi nella trappola di usare un pronome per definirlo.

«Beh, come lo definiresti, allora?»

«Perché la scelta è solo tra un maschio o una femmina? Se aveste risposto né l'uno né l'altro, sarei stata in grado di capire molto più in fretta che si trattava di un droide.»

«Smettiamola di discuterne» disse Adam, tendendomi una mano.

«Continuerò a discuterne perché voi due avete barato.» Jordan guardò me e Adam e alzò le braccia. «Non ho intenzione di farmi coinvolgere in un litigio tra amanti, o una lite coniugale, o qualunque cosa sia.»

Adam continuava a tendere la mano e agitò le dita, come se volesse farmele prendere. Lo feci, senza pensare. «Mi dispiace che sia arrabbiata, ma R2D2 è senza alcun dubbio un maschio, C3PO quando parla di lui usa il pronome maschile.»

«I pronomi non dimostrano niente e sono il prodotto del loro tempo. Se Star Wars fosse stato girato adesso, non ci sarebbe questa distinzione. Chi diavolo decide che i robot hanno un genere?»

«Droidi» mi corresse Adam, stringendomi la mano. La strattonai, irritata e mi tirai indietro. Lui non me la lasciò andare. Mentre gli altri erano distratti e stavano preparando un altro gioco, mi voltai verso di lui. «Perché non mi lasci andare la mano?»

«Perché stiamo discutendo.»

«Siamo solo in disaccordo.»

«Okay, beh, per favore adesso non discutiamo se siamo in disaccordo o stiamo discutendo.»

Sbuffai. «Mi fa male il cervello. Posso riavere la mia mano?»

«Non finché avremo risolto la questione.»

Lo guardai sorpresa. «Uhm. Cosa?»

«Dovremmo tenerci per mano mentre discutiamo e guardarci negli occhi. È un modo per uscire da un conflitto senza provare risentimenti.»

Lo guardai a occhi stretti. «Ti stai comportando in modo strano.»

E Adam mi tenne la mano per altri venti minuti, quando avevamo già finito il gioco seguente, una specie di torneo multigiocatore di *I Coloni di Catan*.

«Emilia è il non plus ultra delle giocatrici. Batterà tutti» aveva detto Adam durante lo spareggio per decidere il vincitore. E, come prima, eravamo io, Adam e Jordan, questa volta con l'aggiunta di Kat, che si era offesa alla dichiarazione di Adam e gli aveva dato qualche bella occhiata minacciosa.

Quando lui si alzò e si offrì di portare i piatti del dessert in cucina, metà della stanza si voltò a guardarmi chiedendo: «Che cosa diavolo ha Adam stasera? Sta bene?».

Potei solo fare spallucce.

E ovviamente Jordan doveva inserire la sua osservazione acida e men che utile: «A essere sincero, penso che stia soffrendo di un aneurisma cerebrale».

Capitolo Diciotto
Adam

Il giorno dopo, oziammo tutta la mattina, prima dell'uscita di gruppo, senza Jordan e April che avrebbero cenato da soli e avrebbero probabilmente finito per fidanzarsi. Avrei avvertito Mia, se Jordan non mi avesse fatto giurare di mantenere il segreto.

Ma le sorprese erano belle e lei sarebbe stata entusiasta per la sua amica.

Quel pomeriggio il resto di noi avrebbe percorso sentieri secondari sui gatti delle nevi fino al bordo del ghiacciaio, dove ci saremmo uniti a parecchie squadre di slitte trainate dai cani per continuare il viaggio attraverso le montagne e guardare il sole tramontare dalla cima.

Ma fino ad allora avevamo un paio d'ore di quella piacevole mattinata per non fare assolutamente niente. Tempo più che sufficiente per spuntare qualche altra casella del mio elenco o magari addirittura finirlo.

Però ero un po' preoccupato. Emilia stava diventando impaziente e, francamente, il mio corpo era d'accordo con lei. Ma la mia stessa testardaggine si rifiutava di sprecare quell'occasione. Perché quel maledetto quiz e la sua tragica predizione di un matrimonio che non sarebbe durato più di tre anni e mezzo stavano ancora pesandomi nella mente.

Ma niente preoccupazioni: avevo sviluppato la tabella di marcia per riportarci in pista, sotto forma di un comodo elenco, privo di tecnologia.

Dopo la colazione tornammo nella nostra stanza. Presi qualche ciocco di legno dalla pila accanto al camino e accesi il fuoco per scaldarci un po'. Emilia stava rassettando, raccogliendo la biancheria e i vestiti sporchi e rifacendo il letto, dato che avevamo richiesto solo un minimo di servizi, per mantenere la nostra privacy.

Avevo in mente tutte le possibili cose da fare dopo. Per aiutarmi a pensare, optai per una doccia, ma non servì a niente, tranne che a farmi diventare più pulito. Mi asciugai, deciso ad andare a prendere la mia lista e dare un'occhiata. Mi avvolsi un asciugamano intorno ai fianchi e aprii la porta della camera per prendere i vestiti.

La stanza era in ordine, l'aria calda per il fuoco che ardeva. Ed Emilia era lì, che mi aspettava, truccata, capelli acconciati e il corpo steso di traverso sul letto, con la testa appoggiata sul braccio piegato.

Le sue camicie da notte erano diventate più osé di notte in notte. E in quel momento stava indossandone una ancora più sexy... Un'elegante versione di uno straccetto di pizzo bianco, spalline e grandi distese di pelle luminosa e nuda.

Beh... *gulp.*

Erezione istantanea sotto l'asciugamano. *Porca miseria.* Era stupenda, messa lì come un pranzo di cinque portate, che mi aspettava. E ogni singola parte del mio corpo era affamata e pronta a concedersi il piacere.

«Hai freddo?» le chiesi dopo essermi schiarito la voce che suonava tesa, strana, perfino alle mie orecchie. Ma non potei fare a meno di notare quei capezzoli deliziosamente eretti che mi salutavano, da lì la domanda.

La lingua stava già formicolando al pensiero di assaggiarli, succhiarli, perfino mordicchiarli.

Emilia si morse il labbro. «Starò benissimo appena sarai venuto qua e ti sarai tolto quell'asciugamano.»

«Mi stai dicendo che ti piace il mio corpo, in modo che possa rinfacciartelo?» le chiesi sorridendo.

«Diciamo che farò in modo che ne valga la pena.» Stese una di quelle gambe lunghe e favolose piegando il ginocchio in modo che notassi che non aveva le mutandine. Merda, avrei potuto saltarle addosso senza toglierle niente e farmela, in qualsiasi modo mi piacesse.

In effetti, sembrava incredibile.

Le cose stavano già diventando un po' doloranti lì in basso. E chiaramente, lo stato delle cose era visibile sotto l'asciugamano, perché Emilia si concentrò sul rigonfiamento. In quel momento, tutto il mio essere e i miei pensieri erano concentrati su quel rigonfiamento, accidenti.

Deglutii e il mio cuore accelerò, sentivo il polso in gola. Forse sarebbe stata una buona idea farlo, subito, per poi tornare alla lista e fare le cose necessarie per migliorare il nostro rapporto.

Perché quei capezzoli sembravano proprio volere la mia bocca su di loro, che la lingua li leccasse fino a farla gemere ansimando il mio nome. Sì, era esattamente ciò di cui avevano bisogno. E ciò di cui avevo bisogno anch'*io*.

Mi diressi verso il letto senza pensare alla lista.

Gli occhi di Emilia si illuminarono appena sistemai l'asciugamano ed esplorai ogni centimetro di quella pelle di panna e miele, e ce n'erano parecchi. Accidenti, quella che indossava era una cosina delicata, frivola e osé e a me stava bene. Tutto quanto.

Le avvolsi una mano intorno alla caviglia e la tirai verso di me. «Vieni qua. Mi stai facendo venire pensieri molto cattivi in questo momento.»

Lei sorrise maliziosa. «Sono una tentatrice?»

Sapeva esattamente ciò che stava facendo, accidenti. Tentatrice e tutto. Chi avrebbe mai pensato che la dea del sesso allungata sul mio letto una volta fosse la dolce, innocente e facilmente irritabile vergine che avevo incontrato a faccia a faccia per la prima volta in un'impersonale e fredda sala conferenze di un albergo? La guardai dalla testa ai piedi. Quella ragazza era milioni di chilometri distante dalla donna che era ora. Non che io non fossi irrevocabilmente innamorato di entrambe le versioni.

E non potevo permettere che le cose andassero male. Eravamo sulla pista giusta e, finora, l'elenco mi era stato utile.

Dovunque fosse finito. Giusto, dov'era finito? L'avevano buttato? Accidenti. Ero riluttante a chiederle il telefono perché volevo veramente dimostrarle che potevo farcela e che rispettavo e onoravo i suoi desideri abbastanza da farlo, e senza ripensarci.

Forse avrei potuto chiedere a Jordan di prenderlo per me? Poteva sbloccarlo e mandare l'elenco a una stampante nel business center. Mi avrebbe preso in giro in eterno, ma l'avrebbe fatto.

Emilia mi stava massaggiando con un piede attraverso l'asciugamano. Proprio dove era più bello. Un'ondata di desiderio mi travolse in un istante. Lasciai cadere l'asciugamano e caddi sul letto, inchiodandola sotto di me. «Oh, credo che qualcuno stia per essere scopato forte e molto, molto bene.»

Lei si dimenò felice sotto di me. «Sì a entrambe le cose.»

Le afferrai rudemente il mento e tirai la sua bocca verso di me, schiacciandola con un bacio insistente ed esigente. Sapeva di vino e cioccolato e calore. Spinsi la lingua nella sua bocca, famelico, avido. Volevo tutto.

Di solito non avevo una memoria fotografica? Giuro su Dio... Perché allora non riuscivo a vedere la lista nella testa, come riuscivo a fare di solito? Specialmente con qualcosa che avevo scritto io stesso.

Emilia gemette, infilandomi le dita tra i capelli, mandandomi ondate di piacere lungo la spina dorsale, giù fino al mio sesso. La lista era stata nella tasca posteriore dei miei jeans. I jeans, dov'erano? Sul pavimento del bagno? Nella borsa da viaggio della roba da lavare? Merda, e se Emilia avesse raccolto il pezzo di carta e l'avesse buttato nel fuoco mentre mi facevo la doccia?

Il respiro di Emilia divenne affannoso quando spostai i fianchi per appoggiarli tra le sue gambe calde aperte. Squisita. Ma, maledizione, tutto quello cui riuscivo a pensare era quella fottuta lista e come probabilmente stessi violandone i dettami in ogni modo possibile. Il suggerimento era stato chiaro: non usare il sesso per aggiustare i problemi in un matrimonio.

Non era quello che stavo facendo in quel momento? Fare sesso avrebbe disfatto tutto quello che di buono ero riuscito a costruire nei giorni passati?

Avevo bisogno di quella lista, accidenti.

Cedetti a quel pensiero che si ripeteva all'infinito nella mia testa e mi staccai da lei. Mi spostai verso il comodino. Emilia si allungò sulle lenzuola come un gatto, con un sorriso pigro sulle labbra. Probabilmente stava pensando che volessi prendere un preservativo.

«Ne ho già preso uno. Eccolo.» Si voltò e alzò il pacchettino tra il pollice e l'indice. «Visto? Torna qua, ho bisogno del tuo cazzo... e di te.»

«Bene, perché siamo un unico pacchetto.» Ispezionai il suo comodino dopo aver cercato nel mio. Niente liste.

«Uhm... Torno subito, devo andare in bagno.»

Emilia abbassò il braccio, con il sorriso che spariva dal suo volto. La borsa del bucato era in bagno, giusto?

No. Quindi dopo aver fatto scorrere l'acqua per un minuto e aver cercato nella tasca posteriore dei miei jeans, uscii dal bagno ed entrai nella spaziosa cabina armadio.

«Adam?» mi chiamò Emilia dal letto.

«Dammi un minuto. Arrivo subito.»

Ma no, ci volle più di un minuto mentre estraevo dalla borsa del bucato ogni indumento che avessi indossato da quando eravamo arrivati. Controllai in ogni singola maledetta tasca, poi ricominciai, rovesciandole. Niente fottuta lista.

Maledizione.

Quando tornai nella stanza, la trovai vuota, la lingerie sexy in un mucchietto sul letto. Beh, merda.

Capitolo Diciannove
Jordan

L A GRANDE SERATA ERA ARRIVATA E AVEVO PASSATO OGNI minuto libero programmandola, trovando modi per sgattaiolare via e mettermi in contatto con Anna per definire ogni particolare in modo che fossimo d'accordo. La concierge in effetti era piuttosto brava a pensare a dettagli che non avevo preso in considerazione e a usare i suoi contatti per muovere i fili in tutto il resort.

Il giorno prima, ero perfino riuscito a trovare il tempo per allontanarmi e andare a controllare la cabina. Anna aveva fatto il percorso con me e aveva preso appunti mentre parlavamo di tutto quello che sarebbe successo.

Senza intoppi, speravo.

Sarebbe stata una proposta di matrimonio epica, di cui avrebbero parlato per gli anni a venire. Nessuna altra proposta fatta a Whistler sarebbe stata più romantica. Ci avrei pensato io.

Quindi adesso era solo questione di portare là April in tempo. Controllai nuovamente l'orologio. Ci stava mettendo un'eternità in bagno per prepararsi per quella serata speciale insieme.

Non le avevo ancora nemmeno detto della cena sulla cabina. No, quello faceva parte della sorpresa epica. Non riuscivo a immaginare di avere le farfalle nello stomaco. Le farfalle erano troppo aggraziate per quello che stavo provando. No, quelli erano decisamente dinosauri che camminavano pesantemente laggiù nella *Terra-Prima-del-Tempo*, dove tutto era gigantesco, perfino gli insetti. Il mio stomaco era un bioma preistorico dimenticato, in guerra con se stesso.

Stavo camminando avanti e indietro così pesantemente che minacciavo di scavare un solco fino alla trama della lussuosa moquette che copriva il pavimento della nostra camera.

«April, che cosa sta succedendo? Stai togliendo un pelo per volta dalle gambe?»

«Arrivo tra un minuto!» disse attraverso la porta.

«È quello che hai detto dieci minuti fa. Dobbiamo andare. L'ha organizzato Anna e ci sta aspettando per...»

La porta si aprì di colpo e April mi guardò con gli occhi che lanciavano fiamme. «Cosa? Che cosa hai detto?» chiese sibilando.

«Ho detto che stiamo facendo tardi e Anna...»

«Perché c'è Anna? Perché sta venendo con noi?»

Sbattei le palpebre. «Uhm, perché è la nostra concierge e le ho chiesto di organizzare qualcosa di speciale per...»

«Bene!» andò con passo pesante verso lo spogliatoio, si chinò e raccolse un paio di scintillanti scarpe con il tacco. Era favolosa quella sera, in un abito viola scuro che abbracciava la sua figura deliziosa e accentuava le sue curve. Si accendevano piccole scintille quando si muoveva e il vestito aderiva alle sue cosce in un modo che mi faceva venire voglia di sollevarle la gonna e spingerla contro la parete.

Era stata strana la sera prima, quando era andata a letto. Forse aveva bevuto troppo perché aveva un mal di testa orribile.

La cosa peggiore? Non aveva nemmeno voluto le coccole che, segretamente, erano la mia parte preferita.

April era silenziosa quando arrivammo alla cabina. Aggrottò le sue belle sopracciglia. «Pensavo che saremmo andati a cena. Perché siamo alla funivia? Non mi ero resa conto di dover indossare la tuta da sci.»

«Non ti serve. Va bene così.»

April era ancora incerta e stava fissando il percorso fino alla stazione della cabinovia. «Ma come faccio ad arrivare fin là nella neve, con questi tacchi? Non c'è modo che queste Louboutin non si bagnino.»

«Ecco.» Mi spostai davanti a lei e mi piegai in modo che potesse mettermi le braccia intorno al collo. «Sali sulla mia schiena e ti porterò a cavalluccio.»

Per un attimo, April non si mosse, pestando un piede disgustata. «Non posso, tonto. Questo vestito è troppo aderente. Riesco a malapena a muovere le gambe per fare un passo lungo.»

Mi voltai a guardarla. Accidenti, era veramente di pessimo umore. Non mi aveva mai chiamato tonto finora.

Senza parlare, la presi in braccio. April strillò, ma poi lo vidi… Il primo sorriso della serata! Era stato un attimo ed era un po' tremante, ma c'era.

Poco dopo eravamo nella cabina che era stata preparata con un tavolo, una lunga tovaglia bianca, porcellane, argenti e cristalli.

Ovviamente, la prima portata era un vassoio di salumi e champagne. April spalancò gli occhi quando vide il banchetto. *Perfetto.* Esattamente la reazione che volevo. Sarebbe stato epico. La madre di tutte le proposte.

Avrei ottenuto anni di sesso nella posizione che preferivo. E anche un mucchio di tolleranza per le faccende domestiche. Avrei ottenuto un mucchio di punti-marito per essere stato così incredibilmente originale con la proposta, anche se il solo pensiero di ciò che significava mi spaventava ancora a morte.

Ma bastarono dieci minuti perché mi rendessi conto che non era solo stata una cattiva idea ma che si era trasformata in un'idea assolutamente terribile.

April non aveva paura delle altezze. Il giorno prima aveva usato la seggiovia senza problemi. Ma aveva quasi subito cominciato a sudare e a tremare e ad avere un vero e proprio attacco di panico.

Quando Anna entrò nella cabina all'altra stazione per portarci la seconda portata, April le passò accanto spintonandola e vomitò sulla piattaforma all'esterno.

Anna mi guardò. Io la fissai. Lei fece spallucce.

La povera April continuò a restituire l'antipasto sul marciapiede mentre gli astanti facevano smorfie o si voltavano.

Maledizione, questa serata si sarebbe sicuramente incisa nella sua mente, ma non per i motivi che avevo sperato.

Alla faccia della super-romantica corsa in cabina. Si tornava al punto di partenza.

Capitolo Venti
April

L A SERA PRIMA ERA STATA UN COMPLETO FIASCO. Sapevo che avrei profondamente deluso Jordan rovinandogli i suoi piani elaborati. Star male in funivia era stata una sorpresa per me come per lui, ma non avrebbe dovuto sorprendermi, se si teneva conto che avevo cominciato la serata piena di stress e debole per non aver mangiato abbastanza per tutta la giornata. A un certo punto durante la giornata, l'ansia e il basso livello di zuccheri si erano combinati e rappresi in un vero e proprio attacco di panico che mi aveva lasciato in ginocchio a vomitare l'anima. Maledizione, un po' di vomito era finito anche sul mio vestito nuovo e nei capelli. Jordan era rimasto accanto a quella civetta ruba-uomini e non aveva fatto niente. Era un segno? Il fatto che non mi avesse nemmeno tenuto indietro i capelli mentre vomitavo?

Ed ero lì, la mattina successiva a bere cautamente un po' di tè leggero e tiepido al tavolo della colazione, cercando di capire se il mio stomaco era ancora troppo indolenzito per il cibo.

Ma non avevo veramente voglia di avere gente intorno o parlare delle cose che mi avevano scombussolato lo stomaco. Quindi scelsi di non partecipare alle attività pomeridiane, senza nemmeno veramente capire di che cosa si trattasse. Una gita da qualche parte, o qualcosa di simile. Avevo scelto di evitare la gente per tutto il giorno.

Avrei preferito rannicchiarmi a letto con il mio e-reader e un libro erotico. Il più scandaloso che avessi.

O forse una rilettura, per calmarmi. Un libro letto e riletto era sempre una scommessa vinta. Anche mentre mi crogiolavo nella mia attuale tristezza, la nerd che c'era in me stava esultando. Erano mesi che non avevo tempo per leggere.

Quando però sentii che Jordan aveva scelto anche lui di non partecipare con gli altri alle attività programmate, i miei piani cambiarono. Perché avrebbe voluto dire che avremmo avuto la villa tutta per noi.

E magari avrei potuto porre riparo almeno in parte al danno causato la sera prima dal mio stomaco debole e dall'ansia. Tutto, pur di evitare che Miss Biondina Carina me lo portasse via.

Avrei indossato la mia lingerie più sexy. Avremmo pomiciato un po' e poi gli avrei parlato, parlato *veramente,* e gli avrei chiesto direttamente che cosa stesse succedendo. *E* gli avrei chiesto a bruciapelo se dovessi preoccuparmi per Anna, la coniglietta delle nevi.

La buona notizia era che Jordan fu molto premuroso nei miei confronti per tutta la mattina, assicurandosi che avessi qualcosa per sistemarmi lo stomaco e chiedendomi come stessi. Una Bestia molto dolce.

Quando mi assicurò che sarebbe rimasto, feci un pisolino, una doccia rilassante e mi viziai un po'.

Poi andai a cercare la mia nuovissima biancheria sexy. L'avevo ordinata proprio per questo viaggio come un regalo post-natalizio per la Bestia, ma non la trovavo da nessuna parte e mi ritrovai a frugare in ogni cassetto che conteneva i miei vestiti. La concierge, o il suo assistente, aveva disfatto le mie valigie per me.

Che cosa diavolo ne aveva fatto? Quella piccola coniglietta delle nevi mi aveva sabotato?

Sempre più frustrata, feci un secondo passaggio. Quel particolare completo era stupendo e costosissimo e volevo indossarlo quel pomeriggio!

Andai nello spogliatoio. Non c'era. Ricontrollai la valigia che avevo portato. Niente da fare.

Irritata, ancora nuda e avvolta solo in un asciugamano, andai a cercare il maledetto sacchetto nei *suoi* cassetti. Niente nemmeno lì, ma, per esserne sicura, allungai la mano fino in fondo e la mossi, cercando il sacchetto, o i cartellini o qualcosa. Accidenti, ero disperata! Arrivata al cassetto delle calze e delle mutande, stavo cercando a due mani, disperata, volevo trovare quella dannata cosa. Niente da fare.

Quella donna era caduta veramente così in basso da nascondere la mia lingerie? Poi che cosa avrebbe fatto? Mi avrebbe incastrato per omicidio e fatta trascinare in una prigione canadese nell'artico? Il cuore mi batté più forte e continuai a cercare disperatamente.

Quando la mia mano incontrò un pacchetto rigido in un fagotto di calzini, mi bloccai.

Voltai la testa per controllare la porta. Era ancora chiusa. Svolsi il gomitolo di calzini per scoprire che cosa ci fosse nascosto. Forse era un telefono usa e getta che usava per comunicare con Anna? Avevo sentito che gli uomini lo facevano quando tradivano. Diavolo, chissà, magari era un flacone di Viagra in modo che potesse tenere il passo con me e le esigenze di qualcun'altra.

Avevo il cuore che batteva forte e lo stomaco sottosopra, che minacciava di restituire il poco che avevo mangiato prima. *Non di nuovo.* Per favore, non di nuovo. Avevo vomitato abbastanza per un anno la sera prima...

La scatolina verde-azzurra che avevo in mano non era decisamente un telefono. Né un flacone di pillole. *Gulp.*

La confezione era immediatamente riconoscibile grazie al colore azzurro Tiffany, il loro marchio di fabbrica. Era per me? Con un'altra occhiata colpevole alla porta, alzai il coperchio per dare un'occhiata al contenuto.

La scatola si illuminò con un lampo mettendo in mostra un anello enorme: oro bianco con un gigantesco diamante ovoidale. Due carati e mezzo, forse tre, calcolai. Extra chiaro, colore puro, avrei scommesso classe D. Quella cosa era decisamente costata il riscatto di una stella del rock.

Sbattei le palpebre. Fissai. Sbattei nuovamente le palpebre.

Che cosa diavolo era? Un anello di fidanzamento? Nel cassetto di Jordan? Il *mio* Jordan? Jordan Guy Fawkes aveva un anello di fidanzamento nascosto tra i suoi effetti personali?

Era arrivata l'apocalisse? Cani e gatti che vivevano insieme, isteria di massa?

Cosa... Cosa... Non aveva senso.

Cercai di respirare, ma non ci riuscii. Stavo cominciando a vedere le stelline ai bordi del campo visivo. Ero forse a un ansito di distanza dall'iperventilazione.

In quel momento, Jordan aprì la porta ed entrò nella stanza. Scioccata com'ero, non pensai a rimettere via quella cosa.

Quando Jordan vide che cosa avevo in mano, restò immobile con gli occhi fissi sulla scatola che illuminava la pietra luccicante che c'era dentro.

Assomigliava moltissimo a un uomo che avesse avuto il suo coso appiattito da un rullo compressore.

Sembrò recuperare in fretta, rilassando le spalle. Si strofinò la guancia con una mano. «Ah, vedo che hai trovato l'anello di William.»

Fece un altro passo verso di me, stringendo gli occhi quando vide che avevo indosso ancora solo l'asciugamano. «Sì, William mi ha chiesto di tenerlo per lui. Ha in programma di chiedere a Jenna di sposarlo mentre siamo qui.» Tese la mano per avere la scatola.

Ora ero io quella immobile che non capiva. In testa mi passarono tante possibilità e scenari e a una tale velocità che sembravano uno strano montaggio di tanti film. Lentamente, a scatti, chiusi la scatolina e gliela porsi.

Poi sbattei nuovamente le palpebre. Aveva senso, dopotutto. Era molto più sensato che non Jordan con un anello di fidanzamento.

Mi morsi il labbro, sentendomi in colpa. «Non stavo curiosando. Lo giuro. Stavo cercando una cosa che avevo comprato e che non trovo da nessuna parte. Quindi ho cercato nei tuoi cassetti per vedere se per caso l'avessero ficcata qui. Non mi piace il fatto che la concierge abbia disfatto i nostri bagagli e non riesca a trovare le mie cose!»

Bene. Gettare l'ombra del sospetto sulla concierge-coniglietta. Due piccioni con una fava.

Jordan mi fissò, piegando di lato la testa. «Stai-stai bene, baby?»

Avevo ancora gli occhi fissi sulla scatolina. Quando Jordan lo notò, se la ficcò in tasca.

Deglutii, poi mi alzai da dov'ero in ginocchio sul pavimento per sedermi sul letto, sentendomi di colpo gelata con l'asciugamano umido. «Starò bene. Sono solo irritata perché volevo indossare qualcosa di speciale... per te. Dato che saremo da soli questo pomeriggio.»

Jordan alzò le sopracciglia, interessato, ma in quel momento cominciai a tremare. «Lascia che accenda il fuoco e poi andrò a cercare qualcosa da mangiare. E passeremo un po' di tempo di qualità insieme. Magari a fare qualcosa di divertente e sconcio. Che te ne sembra?»

Mi accigliai, continuando a pensare a quell'anello e al povero William che si era preso la briga di andare a comprarlo, probabilmente portando con sé qualcuno ben poco adatto a quel compito, tipo suo cugino Adam o qualcuno di simile. Poveretto. Poi stressarsi per nasconderlo in modo che Jenna non lo trovasse e dover organizzare qualcosa di elaborato, solo per fare la domanda e darle quel gioiello che poteva anche non essere di suo gusto. Dio, speravo che non fosse di suo gusto.

Cioè, il diamante era grosso ma...

Jordan mi stava fissando perplesso, aspettandosi una risposta.

«Scusa, mi dispiace solo per William.»

Lui sbatté le palpebre. «Cosa? Perché?»

«Qualcuno deve dirgli di non chiedere a Jenna di sposarlo con quell'anello. Tra te e me, è fottutamente orribile.»

Capitolo Ventuno
JENNA

Stavo tremando, umida di sudore per la camminata e non vedevo l'ora di farmi una doccia bollente. Invece ero seduta rannicchiata davanti al fuoco in soggiorno perché William mi aveva impedito di entrare nella nostra suite.

Aveva una sorpresa speciale per me, aveva detto e mi aveva chiesto di aspettare. Era stato così dolce quando me l'aveva detto, come potevo lamentarmi? No. Potevo solo restare seduta lì e chiedermi che cosa stesse facendo.

Speravo che non fosse qualcosa, tipo che era diventato improvvisamente timido riguardo al vestirsi davanti a me. Non era mai successo, ma la vita con William significava non avere mai un momento di noia. E io ne adoravo ogni momento.

Ma lui mi amava quanto lo amavo io? Forse doversi confrontare giorno dopo giorno con la mia neuro-normalità gli stava pesando?

Oltretutto, mi amava ancora? Come avrei fatto a riuscire a farmi dire quelle due parole magiche senza doverlo forzare e farlo sentire in obbligo? O dirlo perché glielo avevo chiesto? E, pensandoci, perché era così importante che mi dicesse quelle parole senza che glielo chiedessi e che me le dicesse spesso?

Tutte le volte in cui glielo dicevo io, lui non rispondeva allo stesso modo.

Smisi di pensarci quando mi resi conto che William era accanto a me.

«Sono pronto a farti entrare, adesso.»

Era ora! Avevo veramente freddo, anche se ero vicina al fuoco.

«Non hai freddo?» gli chiesi, trovando difficile credere il contrario, specialmente dopo tutte le sue lamentele sulla pista da pattinaggio.

«Mi sentirò meglio molto presto. Anche tu, spero.»

Mi scortò nella nostra stanza e sostò sulla porta, permettendomi di entrare per prima.

«Voglio solo togliermi questi vestiti e scaldarmi nella doccia.» Gli diedi un'occhiata maliziosa quando entrò e chiuse la porta. Con un sospiro, mi tolsi il maglione e la camicia. «Vuoi farla con me?»

Lui scosse la testa. «No, non farò la doccia con te.»

Il mio cuore si strinse in po'. Era difficile far provare cose nuove a William, ma avevamo già fatto la doccia insieme. Non aveva detto niente sul fatto di metterla nella sua lista di cose da non rifare mai. In effetti, avevo pensato che gli piacesse parecchio.

Mi tolsi il resto dei vestiti e mi affrettai ad andare in bagno, cominciando a tremare forte. Ma mi fermai un attimo prima di entrare nella doccia in fondo alla stanza perché la grande vasca incassata era piena fino a traboccare di bollicine scintillanti.

Oh, mio Dio! Erano secoli che non mi godevo un bagno di schiuma. Che meraviglia!

«L'hai preparato tu?» gli chiesi, restando a bocca aperta e spalancando gli occhi. Senza aspettare la sua risposta, scavalcai il bordo di lucido bambù e pietra naturale ed entrai nella vasca di granito. Scivolando con tutto il corpo nel bozzolo di bollicine scoppiettanti, sospirai profondamente. La temperatura era perfetta e la mia pelle formicolò, avvolta nel calore. «Oh, mio Dio, è meraviglioso.»

C'erano mazzi di rose in vasi di vetro lungo tutto il bordo posteriore e il piccolo camino era acceso, per aggiungere calore. E le candele! Sapeva quanto mi piacessero le candele. A casa ce n'erano sempre un paio accese. A volte si lamentava dicendo che rappresentavano un pericolo d'incendio, ma non aveva mai protestato troppo.

Il mio William.

Lui sorrise. «È stato Adam a darmi l'idea quando gliel'ho chiesto. E la concierge ha fornito i prodotti necessari. E poi ho usato un termometro per...»

Mi misi a ridere. «Togliti i vestiti ed entra dentro.»

Lui annuì, tutto serio. «Volevo chiederti prima se non ti dispiaceva...»

«Se mi dispiace? Appena ho visto questa magnifica vasca ho desiderato fare un bagno con te.»

Non ebbe bisogno di altre rassicurazioni. Cominciò a togliersi i vestiti con attenzione e piegarli, penosamente piano.

«Buttali in un mucchio per ora. Dev'esser tutto lavato. Entra! La tua dama ti ha comunicato il suo più sincero desiderio.» Non mi dispiaceva far valere il mio rango quando era necessario. William reagiva bene al linguaggio e al codice della cavalleria, anche quando non stavamo partecipando alle riunioni della nostra società di rievocazione storica medievale.

Funzionò, come mi aspettavo, e, un attimo dopo, William scivolò nell'acqua di fronte a me. Ci sorridemmo attraverso le bollicine. «Ero scorbutica perché mi stavi facendo aspettare nei vestiti umidi, ma adesso sono contenta. Ne valeva la pena.»

William sorrise. «Bene. È quello che speravo. Ed è buio adesso di fuori, altrimenti da qui ci sarebbe il panorama delle montagne. Invece ho tirato le tende perché sarebbe molto facile guardare dentro. Nessuno deve vederti nuda tranne me» disse con un cenno solenne della testa. «E probabilmente il tuo medico, ma cerco di non pensarci.»

Risi di nuovo, appoggiandomi all'indietro e sospirando di piacere.

«La concierge aveva suggerito di strappare i petali alle rose e metterli a galleggiare nell'acqua, ma non ho avuto il coraggio di distruggere quei boccioli perfetti.»

«Sono d'accordo.» Mi crogiolai nel calore. «Wow, la vasca è riscaldata. Ingegnoso! Così l'acqua resta calda.»

William aggrottò la fronte per un momento. «Sì. In effetti ha quella funzione, ma finché non l'hai menzionata me n'ero dimenticato. Vuoi che l'accenda?»

Mi sedetti, sentendo decisamente il calore, con la pelle arrossata. In effetti cominciavo a sentirmi un po' *troppo* calda. «Che cosa vuoi dire? L'acqua mi sembra decisamente più calda man mano che resto seduta qui.»

William sbatté le palpebre e piegò la testa verso il bordo della vasca dove c'erano i comandi per la temperatura. «No. Non è acceso.»

Di colpo, la mia pelle non era più solo calda, era in fiamme. Cioè bruciava. E non nel modo in cui mi sarei sentita se avesse alzato la temperatura. Sentendomi di colpo depressa, lo guardai. «William, che cosa hai usato per il bagno di schiuma?»

William sorrise raggiante, distogliendo gli occhi dai comandi. «Oh, Anna, la concierge, è stata così gentile da fornirmi un bagnoschiuma molto elegante, confezionato come fosse una bottiglia di champagne.»

Sbattei le palpebre, con la vista leggermente offuscata. Forse era il vapore, ma decisamente non stavo bene. Gli occhi si stavano riempiendo di lacrime. «Merda, per favore, dimmi che non conteneva olio di jojoba.»

Tolsi il braccio dall'acqua e gli diedi un'occhiata. Era più rosso di un'aragosta scottata dal sole. La pelle era così lucida e brillante che quasi risplendeva. «Cazzo.»

William stava leggendo gli ingredienti sull'etichetta ma non avevo intenzione di aspettare. Saltai fuori dalla vasca e mi spostai meglio che potevo cercando di non scivolare sul liscio pavimento di pietra. Avevo bisogno di fare una doccia, *subito*.

Mi strofinai freneticamente con il sapone, che bruciava, quando William si avvicinò, teso e nervoso per l'ansia. «Decisamente contiene olio di jojoba. Perché non sapevo che sei allergica?»

«Perché non ho mai avuto motivo di dirtelo. Non hai mai comprato i miei cosmetici o prodotti da bagno. E io controllo tutto minuziosamente.»

«Hai bisogno di qualcosa. Dimmi di che cosa. Andrò in farmacia.»

«Ho bisogno di un antistaminico. Ma c'è un armadietto delle medicine...»

Prima che potessi aggiungere qualcosa, William era andato all'armadietto e stava togliendo il contenuto, leggendo le etichette. A quanto pareva, non c'era niente che potesse usare perché poi si precipitò fuori dalla stanza. Era nudo come un verme, quindi non avevo idea di dove si aspettasse di andare da lì. Lo avrei seguito, ma la mia pelle in quel momento era un vero e proprio disastro. Mi ero immersa nell'acqua fino alle spalle, ma, fortunatamente, non aveva mai toccato il collo, gli occhi o il viso. Qualcosa di positivo, almeno. Tutto il resto di me era rosso, infiammato e si stava formando un'eruzione cutanea. Avevo abbassato la temperatura dell'acqua della doccia finché era stata solo tiepida. Gemevo ogni volta che pulsavo.

Improvvisamente, qualcuno chiamò da fuori della porta del bagno.

«Jenna? Stai bene?» Era Mia.

Beh, sembrava che William avesse chiamato la cavalleria. «Solo un minuto!» gridai. «Sono nuda. Lascia che prenda un asciugamano.»

Dopo essermi assicurata di aver tolto tutto il sapone, chiusi il rubinetto e mi avvolsi intorno un asciugamano, senza poter stringere. Mi faceva male dovunque il tessuto di spugna toccava la mia pelle. E mi stava venendo il mal di testa. Perfino le mani sembravano gonfie.

Mia mi diede un'occhiata e sgranò gli occhi. Subentrò immediatamente il futuro medico che c'era in lei e allungò la mano per premere le dita sul lato del mio collo. «Rischi uno shock anafilattico? A che livello è la tua allergia alla jojoba?»

«Finora non ho mai avuto una reazione anafilattica. Solo rossore, a volta eruzioni cutanee.»

Lei aveva ancora le mani ai lati del mio collo. «Deglutisci.»

Feci come mi chiedeva. Poi Mia si voltò e accese tutte le luci per esaminarmi la pelle. «Hai le mani gonfie. Dobbiamo procurarti immediatamente degli antistaminici.»

«È quello che ho detto a William... È corso a chiamarti?»

Lei alzò gli occhi, poi appoggiò il pollice sulla mia palpebra per tenermi l'occhio aperto e mi chiese di guardare a sinistra e poi a destra. «È uscito dalla tua stanza urlando.»

«Era... Era nudo?»

Lei aggrottò le sopracciglia e mi guardò in modo strano. «No, aveva i pantaloni della tuta e una t-shirt, perché?»

Scossi la testa e cercai di distrarla. «Non importa. Sono preoccupata per lui.»

Mia scosse la testa. «Era molto preoccupato, ma quando ho sentito che avevi una reazione allergica, mi sono precipitata qui e francamente non ho prestato molta attenzione a quello che stava facendo. Hai lavato via tutta la sostanza? Vedo che si sta formando un'eruzione.»

«Sì, ho lavato via tutto.»

Mia abbassò le mani e si alzò dal letto dov'era seduta accanto a me. «C'è un kit di pronto soccorso al bar. La concierge ce l'ha fatto notare il primo giorno in cui siamo arrivati e ho controllato il contenuto per assicurarmi che fosse adeguato. Ricordo di aver visto delle pastiglie di antistaminico. Vado a prenderle, con una bottiglia d'acqua. Dovrai trovare qualcosa di largo da metterti oppure semplicemente metterti sotto le lenzuola. Comunque, il farmaco ti farà sentire assonnata.»

«Per favore, puoi controllare se Wil sta bene? Mi preoccupa che si dia la colpa di quello che è successo, mentre in realtà è colpa mia. Non gli avevo mai detto di essere allergica alla jojoba.»

Mia era già arrivata alla porta. «Chiederò a Adam di farlo.» E uscì di corsa.

Scelsi di togliermi l'asciugamano, che a quel punto sembrava carta vetrata a grana grossa e mi infilai sotto le lenzuola, nuda, non prima di dare una controllata alla pelle. Si stava formando un'eruzione, puntini rossi, ma niente lesioni. Grazie alla Dea.

Ciononostante, dovunque il mio corpo toccava le lenzuola sentivo dolore e le articolazioni facevano male come se fossi artritica. Con un forte gemito, mi sistemai contro i cuscini e a quel punto Mia tornò con una bottiglia d'acqua e le pillole. Le mandai giù con gratitudine.

Mia aprì un altro blister. «Prendi anche queste. Antidolorifici. Ne avrai bisogno.»

Feci quello che mi chiedeva e poi la guardai con gli occhi imploranti. «William?»

Lei strinse le labbra. «Non ho trovato Adam, ma Jordan mi ha detto che William era così agitato che praticamente stava correndo fuori a piedi nudi nella neve per andare a comprare i farmaci. Adam è intervenuto, gli ha fatto mettere le scarpe e sono andati insieme. Non posso mandare un messaggio a Adam per farlo tornare perché non ha il telefono. Ma abbiamo tutto quello che ci serve. Non so esattamente come si senta William, ma mi assicurerò di sedermi con lui e spiegargli tutto quando torneranno.»

Sbattei le palpebre. «Okay.»

«Ti senti già assonnata?»

Annuii pigramente. «Sì.»

«Bene. Dovrai dormirci sopra. Farò sapere a tutti che non parteciperai alle attività serali e mi assicurerò che resti qualcuno per tenerti d'occhio.»

Penso di aver borbottato una risposta, ma non lo ricordo. Il sonno, il beato sonno, mi stava sopraffacendo e il bruciore della mia pelle era solo un ricordo lontano.

A un certo punto, più tardi, mi mossi, conscia di avere penosamente sete. Lo dissi a voce alta nella stanza, come se ci fosse un pubblico che aspettava col fiato sospeso di servirmi di tutto punto. In effetti, c'era solo una persona. Un cavaliere vigile appollaiato sul bordo del letto, che mi teneva per mano e mi osservava attentamente. Prima ancora che potessi finire di chiedere, mi tese una bottiglia d'acqua fresca, inclinandola attentamente verso le mie labbra in modo che potessi deglutire con il minino sforzo.

«Grazie» sussurrai, lasciando ricadere la testa sul cuscino mentre rimetteva la bottiglia sul comodino. «Che ora è? Dev'essere tardi. Perché non vieni a letto?»

«Dovevo assicurarmi che stessi bene. Mia mi ha detto che dovevi prendere altre pillole, ogni quattro ore, ed è quasi ora. Starai sveglia per altri diciassette minuti?»

Io sorrisi. «Penso che andrà bene anche se me le dai adesso. Ma prima...» Allungai la mano e presi la sua. «Voglio che mi prometta che ti alzerai e ti occuperai di te stesso e, per l'amor del cielo, mettiti a dormire. Non sono una bambina. Non ho bisogno che mi controlli tutta la notte.»

«È stata colpa mia.»

«No. Smettila.» Cercai di mettermi seduta, ma lui mi posò le mani sulle spalle, tenendomi giù. «Dimmi di che cosa hai bisogno. Lo farò io per te.»

«Non puoi. Devo fare pipì.»

Ci fu un attimo di esitazione, come se stesse cercando un modo in cui *fosse possibile* farlo per me, ma gli scostai gentilmente le mani e mi alzai. Mi sentivo già molto meglio. La reazione era quasi passata e restava solo un po' di indolenzimento nelle giunture, vestigia dell'infiammazione.

Quando tornai, William mi tese le pillole e un bicchiere d'acqua. «Immagino che tu possa prenderle con nove minuti di anticipo.»

Lo ringraziai e presi le pillole e l'acqua. Mi chiese se avessi fame e risposi di no. «Tu hai cenato?»

William scosse la testa. «Hanno riportato del cibo per entrambi quando sono tornati dalla loro cena, ma non volevo...»

Indicai la porta. «Vai. Adesso. Mangia. Se non lo farai, mi agiterò e potrebbe tornare l'orticaria.» Una completa bugia, ma conoscevo abbastanza bene il mio testardo tesoro da sapere che non mi avrebbe lasciato se pensava che fossi malata. «Meglio ancora, prepara un vassoio e portalo qua. Io resterò sdraiata accanto a te e tu potrai cenare e restare con me, okay?»

Con lui dovevo continuamente trovare dei compromessi. Funzionavano e rendevano felici entrambi. Servivano per farlo sentire più a suo agio e farlo cedere su cose su cui altrimenti si sarebbe impuntato. Piccoli trucchi che avevo ideato per far funzionare la nostra relazione e sospettavo che anche lui ne avesse ideati altri.

Stavamo veramente avendo una vera, sincera, soddisfacente relazione da persone adulte? Sì, sì. Veramente.

Ma ancora non capivo perché fosse così importante per me sentire quelle parole da lui. Sapevo in fondo al cuore come si sentiva. Ma non sentivo quelle parole da oltre un anno.

William tornò a letto con un vassoio di cibo e me ne offrì immediatamente un po'. Rifiutai di nuovo e lui cominciò a divorare il suo sandwich, ovviamente affamato. Eppure, mi aveva lasciato con riluttanza e solo perché avevo insistito. Se non mi fossi svegliata, avrebbe potuto saltare la cena e non mangiare niente per tutta la notte. E probabilmente non avrebbe nemmeno dormito.

Sentivo il sonno che mi attirava, dopo la seconda dose di farmaco, con le palpebre che diventavano pesanti. Quando William finì il suo sandwich e si appoggiò al suo cuscino, allungai la mano e copri la sua tanto più grande. Ero lì, in un bozzolo di calore e sicurezza, sorvegliata ferocemente dal mio amore. *Sono così fortunata.*

«Promettimi una cosa, per favore.»

«Che cosa?»

«No, promettimelo prima che ti dica che cosa mi stai promettendo.»

«Uhm. Che cosa significa?»

«Significa che ti chiedo di fidarti di me promettendomi di promettermi qualcosa. Fallo e non fare domande.»

William voltò di scatto la testa verso di me. «Promettendoti di prometterti...?»

«Wil, fallo e basta.»

«Uhm, okay. Lo prometto. Adesso, che cosa ho promesso?»

«Promettimi che dormirai stanotte, proprio qui, accanto a me. Io starò bene ma non voglio che tu sia esausto. Domani mi sentirò molto meglio e voglio fare delle cose con te, uscire, goderci la natura e solo stare insieme. Promettimi che ti metterai a dormire e non starai di guardia.»

William sospirò.

«Hai promesso di promettermelo.»

Rise perfino lui a quella frase. «Immagino di averlo fatto. Okay. Ti prometto che dormirò e domani usciremo e ci godremo la natura.»

«E la reciproca compagnia. Ci godremo la reciproca compagnia.»

Lui voltò la mano e l'avvolse intorno alla mia. «Io sono sempre contento quando sono con te. Eccetto forse quando mi obblighi a promettermi di promettere qualcosa e sono così confuso che non capisco nemmeno che cosa significhi.»

Strinsi le dita intorno alla sua mano grande e callosa. La mia mente stava già vagando in quel posto caldo e nebuloso. Le palpebre calarono. «Ti amo, Wil.»

Lui non rispose. Ma la sua mano strinse più forte la mia. Non avevo idea di quando avesse smesso di tenermi la mano, se fossero stato cinque minuti o di più. Conoscendo Wil, probabilmente era rimasto seduto lì per ore, riluttante a togliere la mano o perfino a cambiarsi per venire a letto. Testardo.

Uomo unico, adorabile, dolce e testardo. Il *mio* uomo.

Capitolo Ventidue
WILLIAM

«Allora, quando potrò vedere il progetto cui stai lavorando?» mi chiede Jenna con quel tono di voce e l'occhiata che conosco bene, quelli che usa quando cerca di far sembrare che non voglia fare pressioni, mentre in realtà lo stava facendo. Mi guarda con la coda dell'occhio senza spostare la testa.

«Hai avuto l'opportunità di dare un'occhiata al mio album quando l'ho lasciato incustodito. Non hai cercato di guardare?»

Adesso è il suo turno di guardarmi in faccia, con la bocca aperta, scioccata.

Stiamo camminando nella neve di mattina presto, appena dopo la colazione. Non c'è nessun altro in piedi, tranne Jordan, che comunque si alza sempre all'alba. Stava bevendo il caffè in silenzio mentre leggeva i resoconti finanziari sul suo telefono.

Devo ammetterlo: non ero entusiasta del suggerimento quando aveva cominciato a nevicare, ma Jenna si è messa a saltellare su e giù, eccitatissima, quando l'ha visto.

«Neve fresca!» aveva esclamato e, anche se inorridivo al pensiero di uscire di nuovo al freddo e vedere gli sbuffi d'aria sfuggire dalla mia bocca a ogni respiro, l'avevo assecondata, mi ero vestito ed eravamo usciti. Ora ci stiamo tenendo per mano, con i guanti, e arranchiamo nella neve fresca, un'altra cosa che non mi piace. Camminare nella neve è ancora più sgradevole che camminare nella sabbia sulla spiaggia, tranne che è fredda. E bagnata. Almeno ho la scusa per indossare di nuovo la sciarpa imperfetta e ruvida che Jenna ha fatto solo per me con le sue belle mani eleganti.

Jenna mi fissa, sbalordita dal mio suggerimento che avrebbe potuto sbirciare il mio lavoro. «Non guarderei mai il tuo album senza il tuo permesso, Wil!» Ma c'è qualcosa nel rossore sulle sue guance, che non è dovuto solo al freddo, che mi fa pensare che ci abbia almeno pensato. Ciononostante, mi fido implicitamente di lei. Non mi ha mai mentito e non credo che una questione così piccola possa essere un motivo per cominciare.

Comunque, non voglio che sbirci. È una sorpresa, dopotutto. Ma c'è qualcosa che la turba. Si sta comportando diversamente dal solito da quando siamo arrivati. È quasi impercettibile, ma per me è facile da rilevare.

Si ferma accanto a un lotto vuoto lungo il sentiero. «Sai che cosa *dobbiamo* fare nella neve fresca, vero?»

Io aggrotto le sopracciglia. «Tornare dentro e bere cioccolata calda?»

Lei ridacchia e l'aria le sfugge dal naso come una vampata dal muso di un drago. Jenna è bella, come sempre, ma quell'immagine non lo è. Non mi piace nemmeno vedere il fiato che esce dalla sua faccia.

«Angeli di neve! Dai, Wil. C'è un punto perfetto, proprio accanto a quel gruppetto di alberi. Neve fresca e intatta.»

«La gente non dovrebbe toccare la neve. È il motivo per cui ci sono i guanti e le sciarpe e le giacche e...»

Ma lei mi prende per mano e mi tira verso il mucchio di neve fresca. Riluttante, mi lascio tirare. Appena ci arriva, lei si lascia cadere nella neve, ridendo come un bambino giulivo, agitando le braccia e le gambe, avanti e indietro. «Fai un angelo con me.»

Con un lungo, lunghissimo sospiro (e ne vedo ogni centimetro che si agita intorno alla mia faccia) mi lascio cadere accanto a lei e imito i suoi movimenti. Lo ammetto, con molto meno entusiasmo del suo. Ma la rende felice visto che ride ancora e devo ammettere che adoro il suono della sua risata. Farei qualunque cosa per farla ridere ancora, specialmente dopo il disastro che è stato ieri sera. Oggi sono incline a fare qualunque cosa voglia, in qualunque momento. Sono il suo servitor cortese, in ogni modo, non solo il cavaliere che la protegge, dopotutto.

Ma fare un angelo di neve mi rende assolutamente infelice. Innanzitutto, avevo già freddo quando ho cominciato e farlo mi fa sentire ancora più freddo, anche se ho la giacca e la sciarpa. La neve si è infilata dentro i jeans. E quindi adesso sono bagnato, il che rende il freddo ancora peggiore. E i vestiti bagnati sono una cosa intollerabile. E dopo ieri e il fiasco del bagno, torneremo alla villa con i vestiti bagnati. Almeno adesso so che non è il caso di prepararle un bagno di schiuma, quello è sicuro.

Jenna si è ripresa completamente da quell'orribile esperienza e non c'è traccia di eruzioni cutanee o qualunque altro segno che non stia bene. Ha più energia che mai. E, anche se è una cosa che adoro di lei, detesto che voglia sempre stare all'aperto.

Mi piace la natura e stare all'aperto quanto piace a lei. Ho passato molto tempo negli accampamenti con il nostro gruppo di rievocazione storica e ho perfino dormito sotto le stelle qualche volta, ma preferisco la mia comoda tenda. Più di tutto, mi piace stare al caldo. Non mi piace il freddo. Non mi piace essere bagnato. Lei lo sa. Ma lo farò per farle piacere, quindi per adesso va bene così.

Non significa che mi debba piacere però.

«Oh, hai fatto un angelo magnifico» dice, mettendosi seduta per esaminare il mio lavoro. «Un angelo *grande* e meraviglioso. Lascia che ti aiuti ad alzarti, così non lo rovinerai alzandoti dalla neve.»

Jenna pesa poco più della metà di quanto peso io, ma si china all'indietro per fare leva e mi aiuta ad alzarmi. Adesso sono fradicio fino ai boxer, ho la neve dentro la giacca e la camicia. Sono estremamente a disagio.

«Aaah guarda. Non è fantastico il tuo angelo di neve?»

«È l'impronta del mio corpo nella neve, e non assomiglia proprio a un angelo.»

«Usa l'immaginazione! È splendido. Dai, vieni, camminiamo ancora un po'.»

Temevo l'avrebbe suggerito. Quando potrò suggerire una cioccolata calda e una coperta, con i vestiti asciutti, accanto al fuoco? Forse la prossima volta che Mia deciderà di organizzare una vacanza tutti insieme, le suggerirò un'isola tropicale. Ma vorrebbe dire sabbia e io detesto la sabbia, probabilmente quanto Anakin Skywalker.

Comincio a pensare ad altri posti caldi che non abbiano la sabbia e che non mi irriterebbero come essere bagnato e freddo.

«Wil? Posso farti una domanda?»

«Non ti ho mai impedito di farmi domande.»

Jenna ride. «Sì, lo so. Lo dicevo solo, sai, per cominciare la conversazione.» Ci stiamo tenendo per mano e stiamo percorrendo il sentiero verso la sorgente calda. Se non volesse dire bagnarsi e poi tornare fuori nell'aria gelida, potrei perfino prendere in considerazione di nuotare in qualunque cosa calda. Magari non la zuppa, ma...

«Volevo chiederti... e, per favore non ridere. Tu mi ami?»

Aggrotto la fronte, non sono sicuro di averla sentita correttamente. Poi la guardo per assicurarmi che non stia facendo una specie di battuta. A volte sono un po' lento nel capire se la gente sta scherzando.

Ma questo deve essere uno scherzo, perché lei sa maledettamente bene che la amo. È seria, non sta sorridendo. Non è uno scherzo. Ma com'è possibile? Sa già la risposta a quella domanda.

Sbatto le palpebre. «È una domanda ridicola, Jenna. E non capisco dove sia l'umorismo.»

Lei scuote la testa. «Non sto scherzando. Solo... Ho bisogno di saperlo. Voglio sapere che cosa provi. Adesso, proprio in questo momento.»

«Ho freddo e sono bagnato e, adesso che mi hai fatto quella domanda, sono irritato.»

«Irritato? Con me?»

«Perché fare una domanda quando conosci già la risposta?»

Le sue sopracciglia bionde quasi si uniscono sulla fronte sotto il morbido cappellino rosa. «Non sto dicendo che ho dei dubbi, Wil. Non è quello che sto dicendo.»

«Bene. Allora non c'è nient'altro da dire.»

Adesso che non stiamo più camminando e la brezza leggera è aumentata, ho un freddo esagerato. Perfino i muscoli del collo si stanno contraendo involontariamente per unirsi al tremore in tutto il corpo. Odio avere freddo. E odio essere bagnato. E odio le domande inutili.

Sono irritato. Incazzato, come direbbe Adam. Anche se non so che cosa c'entrino i genitali.

Mi volto e torno verso la casa. Lei può scegliere di seguirmi, se vuole, oppure può lasciarmi tornare indietro da solo. Mi assicurerò di non perderla di vista. Con sollievo, sento i suoi passi che scricchiolano sulla neve dietro di me, ma non aspetto che mi raggiunga. Il freddo sta prendendo il controllo di tutti i miei pensieri in questo momento, e non sono pensieri piacevoli. Nessuno merita di starmi intorno quando sono così miserevole.

«Wil, aspetta un minuto!»

Io continuo a camminare e tengo la bocca chiusa, cercando disperatamente di arrivare al caldo. Quando siamo sulla soglia, aspetto solo il tempo necessario per tenere la porta aperta per lei, ma non un momento di più. Riesco a malapena a tollerare un altro secondo di questa temperatura e quasi salto oltre la soglia per entrare. Avrei abbattuto la porta come un gorilla, se fosse stato necessario. Fortunatamente non è chiusa a chiave e non è necessario.

Ci togliamo gli stivali in silenzio, e sto andando verso la nostra stanza, morendo dalla voglia di buttarmi sotto la doccia, senza però volerlo fare prima di lei.

Con un sospiro e un tono di voce basso e rassegnato, Jenna insiste perché faccia la doccia per primo. «Ho il camino e il freddo a me non dà fastidio come a te. Dev'essere il mio sangue balcanico.»

Non dico niente, a parte ringraziarla, e mi scaldo subito con una doccia bollente e vestiti caldi e morbidi. Preferirei restare da solo, ma, dato che ho ancora freddo, preparo la cioccolata calda per entrambi in cucina.

Tuttavia, mentre sono seduto accanto al fuoco ad aspettarla, lei non esce dal bagno finché la cioccolata calda non si può più chiamare tale. Adesso è solo una cioccolata a temperatura ambiente.

Per paura di peggiorare le cose, esco dalla camera e prendo il mio album da dove l'ho lasciato. Jenna alla fine esce dalla nostra stanza, ma ero così preso dal mio lavoro che a malapena presto attenzione a quando o se ha trovato la cioccolata a temperatura ambiente che le ho lasciato.

Capitolo Ventitré
Katya

AVEVO UNA LEZIONE DI SCI AL MATTINO PRESTO PER IL secondo giorno consecutivo, dopo la quale il mio istruttore mi consigliò di non tentare di fare nessuna delle piste blu del resort. «Si limiti a fare il circuito delle piste verdi questa stagione e sarà a posto. Le verdi qui sono come le blu o addirittura le nere in qualcuno dei resort nella California del Sud.»

Un altro dei miei compatrioti che non si lasciava scappare l'occasione di esercitare la superiorità canadese sopra la mia patria d'adozione. Non aveva idea che fossi nata a cresciuta a Vancouver. Non assomigliavo di sicuro a una ragazza californiana, però. Potevo lavorare e vivere nella California del sud, ma ero una vancouverese in carne e ossa, ossa che speravo di tenere intatte nonostante il dilemma matrimoniale in cui mi trovavo.

Nonostante gli avvertimenti dell'istruttore, mi sentivo sicura di poter almeno scendere in un sol pezzo su una delle piste intermedie. E avevo ancora un po' di ore per far pratica.

Avevo anche notato che Lucas trovava il modo di sgattaiolare via, probabilmente per allenarsi per conto suo. Ma anche per lavorare, e la cosa mi preoccupava. Non volevo finire come Mia, che cercava costantemente di gestire le tendenze stakanoviste di

Adam, obbligandolo a trovare un equilibrio, ad esempio, affittando un'intera villa per le vacanze, per loro due e tutti i loro amici più cari.

Lucas aveva avuto qualche riunione online con i suoi colleghi di lavoro e sembrava veramente scontento di quello che stava succedendo in ufficio. Probabilmente non avrebbe accettato di buon grado che gli esprimessi simpatia, anche se avrei tanto voluto farlo. Nonostante fossimo sposati e profondamente innamorati, nessuno dei due aveva perso quella competitività che era stata alla base del nostro rapporto. E se avessi espresso la mia simpatia, avrebbe potuto pensare che stessi vantandomi. E non volevo vantarmi. Ma non sapevo come dirgli che non mi stavo vantando.

Invece gli lasciai fare le sue cose senza fare domande e aspettai che mi desse spontaneamente le informazioni che voleva condividere.

Dovunque fosse finito Lucas quel pomeriggio, ne approfittai per prendere l'attrezzatura da sci e dirigermi alla fila degli skilift riservata ai single. Avevo letto da qualche parte che le file si muovevano più in fretta se si sceglieva di dividere lo skilift con gente a caso. E mi avrebbe dato più tempo per fare qualche discesa prima che Lucas notasse che me n'ero andata.

Potevo provare a fare una delle piste avanzate più semplici per valutare come stavo andando. Avrei sempre potuto scegliere dopo qualcosa di più facile.

Sembrava un buon piano.

Ma quel piano non teneva conto di quanto sembrasse paurosa la pista avanzata dalla cima della seggiovia, se si guardava in basso. Quando avrei dovuto scivolare già dal seggiolino come il resto dei patiti dello sci e delle discese, mi bloccai.

Ero arrivata in cima a quella pista nera e non riuscivo a muovermi. Il mio sedere restò saldamente incollato al seggiolino e tornai a valle su quello. Se fossi scesa in cima, l'unico modo di scendere sarebbe stato sugli sci. E decisamente non ero pronta.

Feci un giro completo ed evitai imbarazzata gli occhi dell'addetto mentre scendevo vergognosa dal seggiolino. In realtà, l'idea che potessi fare una pista nera era ridicola, perfino per far pratica. Volevo tenere intatto il più a lungo possibile il collo, *grazietante*.

Dopo aver fatto (*intenzionalmente, ovvio*) quella ricognizione aerea di com'era una pista nera, ero più contenta che mai che quella stupidissima gara sarebbe avvenuta su una pista blu.

Facile, giusto? Certo, certo, ce la potevo fare. Andai allo skilift per quella che sembrava essere una pista blu molto più facile e mi misi di nuovo nella fila dei single. Tranne che quella volta, sull'altro lato del sedile, invece di una donna, com'era stato nella salita precedente, accanto a me capitò un uomo. Un chiacchierone e, a giudicare dall'aspetto, un fanatico. Gli piaceva veramente parlare. Di se stesso. E di quanto riuscisse a stracciare tutti sulle piste. Mi guardai intorno e vidi un mucchio di altri uomini della mia età o più vecchi in fila. La maggior parte di loro stava adocchiando le donne. Il mio particolare chiacchierone si era concentrato su di me appena mi ero messa in fila. Era quasi come se avessero letto tutti lo stesso vecchio manuale su come abbordare le donne.

Questo tipo accanto a me non stava perdendo tempo.

E la mia fede nuziale era sepolta sotto quelli che sembravano metri di guanti di pelle. Accidenti. Non c'era un modo più facile di far scappare un tizio a caccia che far lampeggiare l'oro e il diamante sulla mano sinistra.

«Ehi, sono Robert. Come ti chiami?»

«Persy» dissi senza batter ciglio e senza esitare. Era la versione corta del mio nome preferito da gamer, Persephone, quindi non era esattamente una *bugia*. Perché mai avrei dovuto dire il mio vero nome a un tizio a caso? Ero sposata, per l'amor del cielo. *Molto* sposata. Molto felicemente sposata *e* sessualmente soddisfatta, se era per quello. Ero nella fila dei single solo perché era lunga la metà dell'altra. Ma per qualche motivo, questi tizi sembravano pensare che fosse un buon territorio di caccia per un po' di sesso *après-ski*.

Cioè, parliamo di un pubblico obbligato ad ascoltare. Chiacchierare con una ragazza su una seggiovia quando l'unico modo che ha per evitarti è lasciarsi cadere da qualche metro in aria. Gli diedi un'occhiata di traverso mentre continuava a vantarsi della sua prodezza sulle piste e di come si stesse prendendo una pausa facendo una pista blu.

Con un sospiro, mi resi conto che anche durante i miei giorni da single, se fossi venuta qua per trovare un boyfriend, sarei finita per beccarmi un perdente dopo l'altro. Bene, spuntata anche la casella della mia lista di *cose che non rimpiangerò mai di non aver fatto*.

«Allora, Persy, vieni qua spesso? Sei una grande sciatrice?»

«Immagino si possa dire che vengo qua una volta ogni tanto. Vengo da PoCo, dopotutto. Quindi sono vicina.» A volte, in località turistiche come questa, gli uomini ci provavano con le ragazze per un'avventuretta durante le feste, quindi sapere che ero del posto di solito li allontanava in fretta.

Beh, a quanto pareva non era così per Robert. Chiese il mio numero di telefono prima ancora che fossimo a metà della risalita. Gli dissi che potevamo pensarci una volta fossimo scesi dalla seggiovia. Poi, quando lui scivolò fuori dal seggiolino dalla sua parte, restai seduta e tornai giù nella valle ancora una volta.

Non era il caso di dare a Robert l'idea sbagliata, no?

Alla fine, passai più tempo andando su e già in seggiovia che effettivamente sciando. Se non altro, potei godermi una splendida visione d'insieme del resort.

A ogni risalita, altri uomini tentavano di abbordarmi, uno più insopportabile del precedente. Alla fine, ebbi la brillante idea di fingere di non parlare inglese e invece borbottai qualche cosa senza senso che avrebbe potuto essere norvegese o svedese. Immagino che avrei potuto tentare di dire qualcosa nel mio pessimo francese, ma dato che eravamo in Canada, le probabilità di trovare qualcuno che parlasse francese erano troppo elevate per tentare quel trucco.

Mimai un paio di cose e sorrisi e annuii, evitando altre smielate frasi da rimorchio e vanterie.

Okay, qualche volta scesi con gli sci, lentamente ed esitando. L'istruttore probabilmente aveva centrato perfettamente il bersaglio valutando che fossi pronta per il circuito verde invece di uno intermedio. Ma adesso ero sicura che non avrei fatto una figuraccia umiliante, anche se Lucas mi avesse fatto mangiare la polvere.

Probabilmente avrebbe vinto e mi stava bene. Forse avrebbe soddisfatto i miei desideri sessuali quella notte per festeggiare la sua vittoria. La sera prima mi aveva praticamente rifiutata, gemendo come un vecchio con un'ernia e rifiutandosi di cambiarsi in mia presenza, chissà per quale motivo. E, per di più, era anche scorbutico come un vecchio bacucco. Alleviare lo stress avrebbe fatto bene anche e lui!

Ero stanca dopo tutto quel su e giù in seggiovia quindi andai al bar per un punch caldo con whisky extra. E patatine fritte, ovviamente, senza nemmeno un grammo di formaggio o salsa! Mi divertii a osservare la gente e a riflettere sugli avvenimenti della giornata, le mancate discese, evitare gli uomini che flirtavano e le folli frasi da rimorchio.

A quanto pareva, anche far lampeggiare il mio anello nuziale non mi rendeva immune dall'indesiderata attenzione maschile.

Agli uomini non interessava. Mi offrirono un paio di drink, che rifiutai. Un paio di uomini si sedettero sullo sgabello accanto al mio, nonostante vi avessi appoggiato la borsa come deterrente. Arrivai al punto in cui appena un uomo si sedeva lì, la prima cosa che mi usciva di bocca era: «Sono felicemente sposata. Grazie, ma no, grazie».

Comunque, quei tizi avrebbero seriamente avuto bisogno di migliorare il loro gioco se avessero voluto compagnia di qualità da quelle come me. Ma non sarei stata *io*.

Avevo già il mio burbero-per-tutta-la-vita. Ed era sexy e meraviglioso e tutto ciò che *non* erano questi tizi.

Dovevo solo capire come fare perché facesse sesso con me quella sera.

Maledissi quella dannata gara e la mia boccaccia. Se fossi stata sincera fin dall'inizio, saremmo stati seduti insieme in quel bar a ridere degli idioti che cercavano di rimorchiare le ragazze e ricevevano un rifiuto dopo l'altro, bevendo e flirtando tra di noi.

Cioè, a chi interessava batterlo veramente sugli sci? Lo battevo regolarmente in quello che importava, i videogame, ed era più che soddisfacente. A chi interessava chi era lo sciatore migliore?

Sospirai e maledissi la mia stupida boccaccia che mi aveva messa in quel pasticcio.

Capitolo Ventiquattro
Lucas

NON TROVAVO MIA MOGLIE DA NESSUNA PARTE. ERA una villa grande, ma era ridicolo. E i suoi indumenti da sci non erano nell'armadio, quindi era chiaramente andata a sciare. Ciò che non stava facendo era rispondere ai messaggi, accidenti.

Eravamo lì, per una perfetta vacanza in montagna con gli amici più cari e non avevamo quasi passato del tempo insieme. Invece, ero incastrato in quella bella villa senza di lei e avevo a che fare con due stupidi impiegati che cercavano di farsi le scarpe a vicenda.

Stavo cercando di evitare un amico, che era anche uno dei capi. Lui continuava a riferirsi a me come al suo *cavallo zoppo*, che gli avrebbe fatto perdere dei soldi. Come se avesse potuto sentire la mancanza di cento dollari. Era un miliardario. Ero quasi arrivato al punto di ficcargli una banconota in gola per farlo stare zitto.

Stavo evitando anche l'altro capo perché non volevo che avesse sentore dei miei problemi al lavoro. O la verità sulla mia capacità di sciatore.

L'unica cosa buona in quel momento era che avevo trovato il posto perfetto in quella villa per evitare praticamente tutti: la biblioteca al terzo piano, con la finestra panoramica alta tre piani che dava sul Blackcomb Peak.

La mia solitudine durò solo un'ora, quella fisica almeno. Heath entrò e si accomodò su un divano dall'altra parte della stanza. Ma dato che aveva le cuffie e il telefono in mano mi lasciò in pace, restando concentrato sul suo telefono per quasi un'ora dopo il suo arrivo.

Quindi, una volta finito di lavorare, andai alla finestra ad ammirare il panorama spettacolare. Presi il telefono e mandai un messaggio a Kat per chiederle dov'era. Il pomeriggio stava per finire ed ero annoiato a morte dopo essere rimasto seduto lì per conto mio.

Heath cominciò a canticchiare e a muovere la testa a tempo con qualcosa che stava ascoltando. Piegai la testa per guardare il suo telefono e vidi che era su TikTok.

«È meraviglioso» disse, quasi tra sé e sé.

«Di che si tratta?» gli chiesi.

«Un canto marinaresco.»

Un che cosa?

Si tolse le cuffie e premette play per dimostrarlo: una canzone marinaresca, accattivante, cantata a cappella. Sembrava fossero pirati che cantavano in armonia perfetta. Heath batteva il piede a tempo di musica e mi ritrovai anch'io a muovere la testa.

«È coinvolgente.» Heath sorrise. «Assomiglia un po' ad alcune delle canzoni irlandesi che cantava Connor. Quell'uomo ha una voce così bella...»

Fui sorpreso dal tono nostalgico nella voce di Heath. Non avevo mai conosciuto Connor, ma Kat mi aveva informato che era l'ex di Heath che adesso viveva in Irlanda. Kat mi aveva detto che Heath non era più stato lo stesso dopo la loro rottura l'anno prima.

Mi sedetti sul divano accanto a Heath e lui cercò su TikTok qualche altra versione della canzone e, prima di accorgercene, stavamo entrambi cantando dei Wellerman e della caccia alle balene insieme al video.

«Orecchiabile, vero?» disse Heath, fingendo di darmi una gomitata.

«Sì.» Ci guardammo e scoppiammo a ridere allo stesso tempo. Sembrò così strano e bizzarro.

«Eri qui seduto ad ascoltare musica del diciannovesimo secolo e io che pensavo fossi lì seduto a giocare ad *Among Us* e ad ammazzare gente a caso.»

Heath rise. «Ha il suo perché. Un bel modo per sfogare le frustrazioni. Magari le canzoni marinare mi faranno superare la dipendenza da *Among Us*.»

Alzai le spalle. «Forse sarebbe una dipendenza più sana. Almeno le canzoni marinare ti fanno venir voglia di muovere il culo invece di giocare sul telefono. Non che ci sia niente di sbagliato.»

«Siamo tutti videogiocatori incalliti, non c'è nessuno che penserà che ci sia qualcosa di sbagliato.» Heath sogghignò e poi fece ripartire la canzone allegra, canticchiando e poi lasciò cadere la testa contro lo schienale guardando il soffitto.

«Maledizione, mi manca ancora.»

«Beh, sai qual è il modo migliore per dimenticare qualcuno.»

Heath rise e annuì. «Già, chiodo scaccia chiodo. Ci ho provato, probabilmente parecchie dozzine di volte.»

«Allora, cos'è una volta in più? L'assistente della concierge non è stato molto discreto nel dimostrare il suo interesse per te...»

Heath mi diede un'occhiata di traverso. «Non è proprio il mio tipo. Comunque, penso di averla fatta finita con quelle stronzate occasionali. E non erano mai stato il mio forte.»

Deglutii, cercando di pensare a che cosa dire. L'atmosfera era cambiata e sentii che Heath voleva veramente un consiglio. E io non ero bravo in queste cose, come sapeva bene chiunque mi conoscesse. Fino a poco tempo prima ero stato convintamente cinico e incredulo.

«Le relazioni sono difficili.» Fu tutto quello che riuscii a dire, nel mio modo patetico. Era vero, dopotutto. Attualmente, ero al matrimonio numero due e quello che sarebbe durato. Ma comunque il numero due significava che la prima volta avevo sbagliato, e in modo eclatante.

Heath mi guardò inarcando un sopracciglio. «Non è una cosa che mi aspettavo di sentire da qualcuno che si è innamorato perdutamente della moglie con cui si era sposato per finta l'anno scorso, con me come celebrante. Dici che dovrei preoccuparmi?»

Mi misi a ridere. Avrei dovuto preoccuparmi che ci sentissero, ma non c'era nessuno nelle vicinanze e Heath aveva mantenuto religiosamente il nostro segreto. Kat e io potevamo essere una vera coppia sposata, *adesso*, ed essere veramente innamorati, ma non era cominciato così. E non era stato così per almeno i primi sei mesi del nostro matrimonio.

«No, sto parlando in generale. Niente di cui preoccuparsi per noi, eccetto forse questa folle gara di sci. Immagino di non aver veramente detto "finché morte non ci separi" durante la *cerimonia* nuziale, ma di certo spero che significhi più in là di domani.»

Heath fece una smorfia. «Se sei preoccupato, magari parlane con lei.»

Scrollai le spalle. «Sembra che sia decisa a farmi mangiare la polvere.»

Heath agitò suggestivamente le sopracciglia. «Penso che sarebbe molto più felice se tu "mangiassi" qualcos'altro... e non sarebbe potenzialmente letale.»

Sbuffai ridendo. «Hai assolutamente ragione.»

«Seriamente, perché non le dici semplicemente che ci stai ripensando?»

Sbattei le palpebre. Avrei potuto. Perché stavo permettendo al mio ego di mettersi in mezzo a un sincero e franco discorso tra coniugi?

«Per quello che vale, ho scommesso cinquanta dollari su di te perché non l'ho mai sentita parlare di sci per tutto il tempo in cui è stata la mia coinquilina. Forse si sentirebbe sollevata se fossi tu quello che rinuncia per primo.»

Ci pensai per un po', dato che forse mancavano almeno un paio d'ore prima che la rivedessi. Probabilmente mi avrebbe detto che era salita con lo skilift sulla pista nera un paio di volte per risolvere le ultime imperfezioni per il giorno dopo.

Sembrava entusiasta di battermi e non avevo il coraggio di tirarmi indietro adesso. Kat avrebbe avuto la sua vittoria e io avrei avuto la mia ricompensa da una moglie entusiasta e vittoriosa quella notte, a letto.

Sospiro. In un modo o nell'altro, la gara ci sarebbe stata.

CAPITOLO VENTICINQUE
MIA

ERANO PASSATI CINQUE GIORNI DELLA NOSTRA VACANZA di una settimana e avevo cominciato a sospettare che Adam stesse veramente soffrendo di un aneurisma. O che fosse stressato oltremisura per qualcosa. Forse erano veri e propri sintomi di astinenza dalle sue apparecchiature elettroniche? Dovevo ridargli il telefono? O cominciare a cercare un programma in 12 passi per disintossicarlo?

Salve, mi chiamo Adam Drake e sono dipendente dallo smartphone. Me lo vedevo già.

Con un sospiro, cominciai a rassettare la stanza mentre Adam era andato a fare un'escursione con le racchette da neve con gli altri tre uomini. Io avevo un appuntamento pochi minuti dopo con le ragazze per andare nella sauna a infrarossi.

Forse avrei dovuto cominciare a preoccuparmi seriamente per lui? E se avesse avuto un problema neurologico? O l'inizio di una malattia mentale? Avevo finito la rotazione in neurologia solo qualche mese prima. Ricordavo i sintomi: dilatazione anomala delle pupille. Gli occhi di Adam erano così scuri che era difficile vederlo, a meno che fossi veramente vicina in una stanza con la luce forte. Seguire il movimento e rispondere a domande semplici faceva parte dello screening. Presi un appunto mentale di farlo appena avessi parlato con lui.

Mi piegai per prendere uno dei cuscini decorativi che erano stati ammucchiati su una poltrona, per rimetterlo sul letto. Quando presi l'ultimo, cadde per terra un foglio di carta. Lo presi con un sospiro. Normalmente Adam non era tipo da lasciare spazzatura in giro. In effetti era piuttosto ordinato per essere un uomo.

Era una lista, scritta con la sua grafia ordinata a precisa. Alcune delle voci erano spuntate.

- Essere prodigo di incoraggiamenti.
- Tenersi per mano anche quando non siete d'accordo.
- Trovare il tempo per guardarsi in silenzio negli occhi.
- Passare mezz'ora solo baciandosi senza toccarsi e senza che porti al sesso.
- Passare del tempo coccolandosi e solo parlando, nient'altro.
- Per il lavoro di squadra, trova un progetto divertente sul quale potete lavorare insieme
- Scriversi una lunga lettera che dica tutti i motivi, piccoli o grandi, per cui vi amate.
- Dimostrate spontaneità. Cercate di fare insieme una cosa folle che non avete mai fatto.

Ci pensai per un momento e... di colpo capii.

No, dopotutto non era un aneurisma. Era mio marito che si era impuntato sul basso punteggio che avevamo ottenuto in qualche stupido quiz da qualche parte e che insisteva per migliorarlo, da vero giocatore.

Min-Maxing nella vita reale: minimizzare le qualità indesiderabili di un personaggio e massimizzare quelle desiderabili per ottenere il risultato migliore.

Sulla lista non era scritto da nessuna parte: ignora tua moglie con quel body sexy, distesa sul letto come una regina in attesa dei tuoi servizi sessuali.

Pensai a come fargliela pagare... Un po' di vendetta coniugale non avrebbe fatto male, no? Sentii arrivare l'ispirazione per uno scherzo...

Ma non ci riuscii, perché entrò mentre tenevo in mano la lista. Era tornato ore prima, dal rumore avrei detto che erano tornati tutti. «Cosa... Pensavo che oggi avreste fatto un'escursione con le racchette da neve.»

Adam scosse la testa. «Non lo permettono per il rischio valanghe.»

Sbattei le palpebre. «Ah...»

«Quindi abbiamo tutto il pomeriggio...» disse agitando le sopracciglia. Con un movimento rapido e realmente impressionante, mi mise un braccio intorno alla vita e chiuse la porta della stanza con un calcio. «Che cosa dovremmo fare?»

«Mmm» dissi aggrottando la fronte. «Potremmo spuntare qualche altra voce di questa lista, se non fosse così ridicola.»

Adam mi imitò aggrottando la fronte finché alzai la lista e gliela agitai davanti alla faccia. «Immagino che il tuo tentativo ossessivo-compulsivo di completare questa lista sia ciò che ha rovinato quella che sarebbe stata una scopata mitica ieri...»

Adam sbatté gli occhi e cercò di prendere la lista con la mano libera. L'allontanai perché sono meschina. «Non vedo "compra a tua moglie una nuova attrezzatura da gioco o un gioiello da un fantastiliardo di dollari" su questa lista. Posso aggiungerlo? O forse "Procura un minimo di cinque orgasmi a tua moglie tutte le volte che fate sesso". Questa mi piace perfino di più.»

Adam inarcò le sopracciglia, speranzoso, chiedendomi senza parlare che gli consegnassi il suo diagramma di flusso per migliorare il nostro punteggio relazionale.

«Che ne dici di "sono d'accordo di diventare il tuo schiavo sessuale per le prossime ventiquattro ore"?»

Lui strinse gli occhi e la sua mano scattò, veloce come un lampo, strappandomi la lista. Poi, con uno scintillio diabolico negli occhi, si chinò in avanti. «È più facile che *tu* sia la *mia* disponibile e volenterosa schiava sessuale.»

Sbuffai, alzando gli occhi al cielo. «Promesse, promesse.»

Ma lui diede un'altra occhiata alla lista e se la rimise in tasca. Avrei dovuto gettarla nel camino quando ne avevo avuto la possibilità.

Poi le sue mani furono su di me prima ancora che potessi smettere di pensare alla visione di quella stupida lista ridotta a un mucchietto di cenere. E con un colpo di scena che non mi aspettavo nemmeno io, lo spinsi via. Quando mi diede un'occhiata interrogativa, indicai i piedi del letto.

«Dobbiamo parlare.»

I suoi bei lineamenti tornarono subito seri. «Mi sembra minaccioso.»

«Vieni qua...» Mi sedetti e indicai il posto accanto a me. «Devi buttare via quella lista.»

Dopo una breve esitazione, Adam fece due passi e si sedette accanto a me. «Stavo solo cercando di fare le cose giuste. Quel quiz...»

«Era una stupidaggine che qualcuno aveva scritto per riempire lo spazio in un sito di pseudo-notizie. Loro non ci conoscono.»

Lui sbatté gli occhi e mi fissò, massaggiandosi la nuca mentre si spostava. «Okay, ma non sei preoccupata?»

«Di che cosa? Pensi che abbiamo un brutto matrimonio?»

Lui scosse vigorosamente la testa. «Certo che no. Ma devi ammetterlo, siamo persone molto occupate.»

«È vero. In questo periodo non ci vediamo spesso quanto vorremmo. Ma è solo una fase di costruzione. Io ho gli studi, tu hai il lavoro. Stiamo costruendo il nostro futuro. È solo temporaneo.»

«Temporaneo per almeno qualche altro anno.»

Feci spallucce. «Certo, ma, nel frattempo, cerchiamo di sfruttare al massimo il tempo che abbiamo insieme, giusto? Cioè, hai rinunciato volontariamente al tuo telefono mentre siamo qui senza nemmeno cercare di lottare, perché volevi passare del tempo di qualità con me. È una cosa importante, e l'apprezzo veramente.» Allungai la mano e gli afferrai il bicipite, poi lasciai scivolare lentamente la mano lungo il braccio, apprezzando il muscolo sodo che sentivo sotto la manica. Sorrisi. «E adoro il fatto che fossi così preoccupato per noi da fare una lista, anche se era ridicola.»

Adam aggrottò le sopracciglia. «Ridicola? Come? Vuoi dire fissarci negli occhi mentre eravamo distesi a letto insieme?»

Scoppiai a ridere. «È stato strano, devi ammetterlo. Quando mai l'abbiamo fatto e perché dovremmo farlo? Quando parlo con te, voglio dirti tutto e voglio ascoltarti parlare di tutto ciò che vuoi dirmi. E quando non stiamo parlando...»

«Dovremmo scopare?»

«Non mi oppongo» risposi ridendo.

Adam alzò una mano, la mise dietro il mio collo e mi tirò la testa verso di lui, baciandomi lentamente, seriamente, con movimenti misurati. «Devo ammettere che stavo andando fuori di testa.»

«Già, hai la tendenza a farlo.»

Adam mi mise attorno l'altro braccio e mi tirò giù sul letto con lui. Risi e ci guardammo in faccia. «Voglio toglierti questo bikini con i denti.»

Lo spinsi indietro ridendo, in modo da poterlo guardare in faccia. «Non voglio più vedere quella lista, e, per l'amor del cielo, smettila con gli incoraggiamenti. Cioè, mi piace quando mi incoraggi, ma teniamolo per le occasioni speciali, okay?»

Adam mi baciò di nuovo spingendomi la lingua in bocca. «Tutto ciò cui riesco a pensare adesso è quanto voglio stare con te. Sono eccitato da morire.»

Sorrisi, allungando una mano sul suo inguine. «Grazie al cielo.»

Bussarono alla porta. Jenna e Kat stavano gridando di muovere il culo e raggiungerle nella sauna.

Oh, merda. Alla faccia del sesso pomeridiano. Adam si sdraiò con un sospiro, fissando il soffitto e arruffandosi i capelli scuri. Gli diedi un bacio per consolazione e sussurrai dolci sconcezze al suo orecchio per farlo resistere finché avremmo potuto fare sul serio.

Capitolo Ventisei
Jordan

Gesù, Fawkes, tu fottuto idiota! Perché non le hai semplicemente detto la verità?

Mi passai le mani tra i capelli, stringendo le dita per tirarli, con la mente che girava a vuoto.

Ero rimasto stordito e in un silenzio che minacciava un vero e proprio tracollo interiore quando ero entrato nella stanza quel pomeriggio e l'avevo vista con in mano la scatola dell'anello. Quindi avevo fatto la prima cosa naturale che mi era venuta in mente: avevo mentito spudoratamente.

Perché tutto ciò cui riuscivo a pensare era che non potevo semplicemente mettermi in ginocchio proprio in quel momento. Dov'era la proposta epica? Come potevo pensare che April si vantasse del suo fidanzato idiota che le aveva chiesto di sposarlo mentre lei indossava solo un asciugamano?

Avevo mentito a più donne di quante potessi ricordare, ma mai ad April. Beh, fino a quella stronzata della proposta di matrimonio. Che completo disastro... Tutto quanto. Fino al fatto che detestava l'anello e lo aveva trovato orribile. Non lo avrebbe mai ammesso se glielo avessi infilato al dito. Avrebbe continuato a odiarlo in silenzio, sempre che avesse accettato di portarlo.

Nota per me stesso: trovare un nuovo anello di fidanzamento immediatamente, dopo aver preso a calci in culo Adam per il suo suggerimento di merda. O forse quella merda era stata la sua vendetta per le due o forse tre volte in cui i miei suggerimenti stavano quasi per costargli quella che adesso era sua moglie. *Vabbè.*

Smisi di guardare il panorama dalla sala da pranzo e presi il telefono per mandare un messaggio ad Anna perché mi aiutasse. Dovevo assolutamente andare a comprare un anello nella gioielleria più vicina. E fare un nuovo piano per fare la proposta ad April.

E adesso che cosa potevo fare per limitare i danni? Coprire le mie tracce come un codardo o confessare e subirne le conseguenze?

Come fosse inviato dall'Universo, in quel momento entrò William dalla cucina, con una tazza fumante in mano. Lo fissai per un lungo momento, cercando di decidere.

Okay, vinse la via del codardo.

William mi diede un'occhiata e poi si fermò per prendere un po' di affettato e della frutta dal vassoio degli spuntini.

«Perché mi stai fissando?» Non alzò gli occhi mentre riempiva il piatto.

«Devo parlarti in fretta... Possiamo andare in cucina?»

«Sono appena uscito dalla cucina.»

«Devo assicurarmi che non mi sentano. Per favore?»

Vidi, con enorme sollievo, che non aveva intenzione di discutere, cosa piuttosto insolita per William. Ma quando lo tirai da parte e gli spiegai la situazione cominciarono le difficoltà.

«Non capisco. Perché devo mentire alla tua ragazza?»

Mi faceva male la testa per tutto il digrignare di denti. William. Gli volevo bene, ma a volte mi faceva semplicemente impazzire. «Le ho detto che stavo tenendo l'anello per te, che volevi darlo a Jenna.»

«Sì, l'hai detto. Non sono duro d'orecchi. Solo non riesco a capire perché hai pensato che fosse una buona idea dire una bugia alla tua ragazza.»

Perché sono un idiota. Sospirai e mi strofinai la fronte. «Fammi un favore, questa volta, okay, William? Ho bisogno che mi copra.»

Lui scosse la testa. «*Questa volta?* Ti faccio spesso favori e fa troppo caldo qui per le coperte. A meno che ti serva coprirti di fuori, perché in quel caso...»

Tesi la mano, con la testa che pulsava. «Non importa. Penserò a qualcosa. Ma, per favore, se te lo chiede, puoi confermarlo? O cambiare argomento senza risponderle?»

«Non è logico tenere segreta una decisione così importante o una domanda così epocale. Lei dovrebbe avere il tempo per...»

Lo interruppi con un gesto violento della mano. «Lascia perdere la tua opinione sul mio metodo, signor Spock. Solo... Lo farai vero? Per favore.»

William fece una pausa, mi guardò per un momento, come sempre senza incontrare il mio sguardo e annuì brevemente. «Non la correggerò se mi avvicinerà con dei fatti alternativi. Ovviamente dovrò dirlo...»

«Perfetto. Per favore, non dirlo nemmeno a Jenna, okay?» Gli diedi una manata sulla spalla e lo lasciai lì, a bocca aperta, che mi fissava.

Mancava solo un giorno e dovevo trovare un anello e in fretta. Avevo l'idea di chiederglielo semplicemente il giorno dopo, quando avremmo festeggiato il nuovo anno. *Con* un altro anello, ovviamente. Controllai il telefono. Anna aveva risposto al mio messaggio e ci saremmo incontrati per discutere come aiutarmi a trovare un anello che non fosse orribile. Sospirai. Speravo che Tiffany offrisse rimborsi per gli anelli di fidanzamento da quarantamila dollari.

Stavo giusto rispondendole quando April mi trovò. «Jordan.»

Ahi. Conoscevo bene quel tono. Senza concludere il messaggio, lo inviai, nel panico e ficcai in tasca il telefono. Ero sicuro che non avrebbe avuto senso per Anna quando lo avesse ricevuto, ma lo avrei finito più tardi. Adesso voltai la faccia verso la mia non-molto-contenta ragazza, che era in piedi all'entrata della nostra suite.

Lei voltò di scatto la testa verso la stanza e io trattenni il fiato, facendomi forza.

Una volta entrato e chiusa la porta, lei si voltò verso di me, con le braccia strettamente incrociate sul petto. «Dobbiamo parlare.»

Senza pensarci, controllai l'orologio. Mancavano probabilmente una o due ore alla chiusura dei negozi e il giorno dopo, l'ultimo giorno dell'anno, sarebbe potuto essere difficile...

Alzai gli occhi e lei mi fissò a bocca aperta. «Hai veramente controllato l'orologio?»

Woa. Non era solo irritata, era incazzata forte. «Uhm, mi dispiace. Non intendevo...»

Cazzo, come avrei fatto ad andarmene da lì e comprarle un maledetto anello accettabile, che lei non avrebbe detestato, in modo da riuscire a farle quella maledetta proposta?

Le tremarono le palpebre come se stesse per piangere.

Sbattei gli occhi. Merda, come avrei fatto a sistemare il casino che aveva causato la mia precedente bugia?

«Jordan! Per favore, dimmi che cosa sta succedendo. Io...»

Suonò il mio telefono. April sbatté le palpebre e incrociò nuovamente le braccia con i magnifici occhi azzurri che mi lanciavano dardi.

Era Anna. Sapevo che doveva essere lei. Che mi avrebbe chiesto perché aveva ricevuto solo metà di un messaggio che non aveva senso.

Sbattei gli occhi.

April strinse gli occhi. Mi sfidavano a rispondere.

Il cielo fuori dalla nostra finestra stava diventando sempre più scuro... Si avvicinava l'ora di chiusura.

Cazzo. «Permettimi di rispondere a...»

Lei sgranò gli occhi, incredula. «Non osare...»

Osai. Già.

Risposi.

Lei ansimò e le voltai le spalle, dirigendomi in bagno. «Sì, salve. Mi dispiace per il messaggio.» Chiusi la porta e dissi ad Anna, brevemente e a bassa voce, che doveva accompagnarmi a una gioielleria decente, e alla svelta.

La mia ragazza stava per andare fuori di testa e quello sarebbe stato un casino più difficile da sistemare di quello che avevo già creato.

Mi precipitai fuori dal bagno, alzando un braccio, pronto. Come mi aspettavo, riuscì a colpirmi due volte: cuscini che mi arrivarono direttamente addosso. Di solito, quando lanciava qualcosa nella nostra stanza, era per scherzo, o erano preliminari.

Ma questa volta era rabbia, rabbia pura. «Prometto che ti spiegherò tutto quando torno!» gridai mentre mi precipitavo fuori dalla stanza. Avrei giurato di averla intravista prendere l'attizzatoio mentre uscivo, quindi affrettai la partenza.

Venti minuti dopo, e dopo aver incontrato Anna alla gioielleria che era riuscita a fare restare aperta con la promessa di una vendita sicura, mandai un messaggio ad April, chiedendole di vederci nel solarium della villa, dopo cena.

Era finito il tempo per le proposte epiche. Avevo solo bisogno di riuscire a farla fintanto che avevo ancora una ragazza a cui proporre di sposarmi.

Capitolo Ventisette
April

BASTA, NE AVEVO AVUTO ABBASTANZA.

Una volta, gli piaceva paragonarmi a una principessa Disney. Quando avevamo cominciato a uscire insieme ero Biancaneve. Bene, questo cowboy era sul punto di sentire il gelo di Biancaneve che si trasformava in Elsa, la regina dei ghiacci. Era ora di dare inizio all'operazione congelamento. In quel momento stavo effettivamente contemplando la possibilità di congelare alcune parti del suo corpo di cui aveva un'alta opinione.

Mai, in mille anni, avrei pensato che Jordan potesse tradirmi, data la sua storia con una fidanzata fedifraga, ma come spiegare quello che stava succedendo? Prima che diventassimo una coppia, era un eterno cane da caccia, che scopava chiunque portasse una gonna. Sinceramente come avevo fatto a pensare di riuscire a domare una bestia simile?

Ero a tanto così da fare le valigie e andarmene quando svoltai l'angolo e quasi mi scontrai con la colpevole in persona. Anna stava sistemando il tavolo per il catering del mattino successivo e svuotando un cestino.

Jordan mi aveva mandato un messaggio per chiedermi di incontrarci dopo cena, ma non era ancora tornato e avevamo finito di mangiare già da un'ora. Era andato a incontrare *lei*, ne

"""

ero sicura. Non avevo sentito tutta la conversazione telefonica nel bagno, ma l'avevo sentito pronunciare il suo nome.

Avevo voglia di piangere e trovare la mia squadra di amiche perché mi offrissero la loro simpatia. Invece ero lì, da sola in sala da pranzo, con *lei*. Strinsi gli occhi guardando Anna come nel mirino del fucile di un cecchino, pronta a farla fuori.

Elsa la Regina dei ghiacci poteva tranquillamente prendere di mira l'altra donna anche mentre fantasticava di liofilizzare, congelandole, certe parti maschili, ecco!

«Oh, salve April. Stavo solo...»

«Devi farti da parte.» Raddrizzai la spina dorsale e ripiegai le mani sul petto, tirando indietro le spalle.

Lei sbatté le palpebre.

Evocando la mia cowgirl più tosta, mani sui fianchi, la fissai a occhi stretti. «Il mio toro da primo premio non pascola in altri campi. E non mi piacciono le ladre.»

La porta d'ingresso si aprì e sbatté. Anna mi fissava come se fossi stata folle. «Sei... Uhm... Hai un ranch?»

Il coraggio di quella donna, che si comportava da innocentina, come se non capisse quello che cercavo di dire. Alzai un dito. «Ascolta, stronzetta...»

Sentii passi che si avvicinavano in fretta e, proprio un attimo prima che mi lanciassi per mettere le mani addosso a quella donna, sentii due mani posarsi sulle mie spalle. Mani grandi. Mani forti. Le mani della mia Bestia.

«April, andiamo a parlare...»

Anna alzò gli occhi e incrociò lo sguardo di Jordan e a quel punto divenni una supernova. «Non osare nemmeno guardarlo, donna! Lui...»

Ma Jordan mi stata tirando verso il solarium senza lasciami finire. Lì c'era silenzio ed era buio. Jordan accese solo una delle luci e restammo in penombra. Avevo la gola stretta e il cuore che batteva forte. Merda. Che cosa stava succedendo? Aveva intenzione di ammettere che i miei peggiori sospetti erano veri?

Mi scrollai di dosso il suo braccio e mi staccai, stringendomi nelle braccia, sentendo di colpo freddo. Poi mi girai verso di lui. «Voglio la verità e la voglio *adesso*. Basta con le stronzate.»

Jordan restò di sasso e ci fissammo negli occhi. La tensione tra di noi era insopportabile e sentii la schiena che si irrigidiva. Ero sul punto di sentire una bella sfilza disinvolta di bugie? O avrebbe confessato? Stavamo per rompere? Mi sentii sprofondare lo stomaco.

Oh Dio, no. Inspirai a fondo e trattenne il fiato.

Poi Jordan sbatté gli occhi e si abbassò.

E continuò ad abbassarsi. Come se stesse per svenire o roba simile.

«Jordan...!» Allungai una mano... Come se avessi avuto la forza di tenerlo se fosse caduto. Invece si era messo su un ginocchio e teneva in mano una scatola, di una gioielleria. Non quella azzurra di Tiffany. Questa era nera e lì, annidato contro il velluto blu scuro, c'era un anello molto tradizionale, con un diamante tagliato a brillante su oro bianco. Di classe. La pietra scintillava ammiccandomi nella luce bassa.

Sbattei le palpebre, confusa. Che diavolo...?

«April, mi vuoi...»

Allungai in fretta le mani davanti a me, allargando le dita. «Smettila! Non è divertente.»

Jordan aggrottò le sopracciglia. «Non avevo intenzione di essere divertente.»

«Smettila di scherzare!»

Adesso le sopracciglia avevano raggiunto l'attaccatura dei capelli. «Non sto nemmeno scherzando...»

Scossi la testa. «Allora, che... Che cos'è?»

Lui mi diede una lunga occhiata di sottecchi, come un animale spaventato, come per cercare di capire se stessi o meno tendendogli una trappola.

«Che cosa ti sembra? È una proposta di matrimonio.»

Che... Che cosa? L'aria mi sfuggì dai polmoni come se mi avesse dato un pugno. «Oh, Jordan! Che cosa hai fatto?»

Lui piego di lato la testa, veramente perplesso. «Uh?»

«Tu... e lei... Anna... voi due... avete...?»

Jordan balzò in piedi, quasi lasciando cadere l'anello cercando di avvicinarsi a me mentre io facevo un passo indietro. Mi mise le mani sulle braccia.

«April! April, baby. No. *No*. Perché hai pensato una cosa simile?»

Io feci un segno ampio con il braccio. «Sgattaiolavi via per parlare con lei che ti sta addosso come fosse lycra a buon mercato e... Tutti quei messaggi e le telefonate e...»

«No, no... April. Mi stava aiutando a organizzarla»

Scossi la testa. «Organizzarla? Che cosa significa?»

Lui sbuffò e sospirò. «Non volevo chiedertelo così. Volevo che la mia proposta di matrimonio fosse... Una cosa grossa, *epica*, memorabile. Qualcosa di cui vantarti con le tue amiche. Volevo un viaggio in cabinovia sopra la vallata, dove mi sarei messo in ginocchio e te l'avrei chiesto tra le montagne, oppure... Oppure su una mongolfiera o in un castello in Europa. Volevo renderti felice. Perché so che lo desideri veramente.»

Respirai, ascoltai, respirai di nuovo. Lasciai che le parole mi entrassero in testa mentre parlava.

«Ma... Ma tu non vuoi sposarti. È il motivo per cui ti prendo in giro.»

Ora fu il suo turno di esitare, respirare, sbattere le palpebre e poi aggrottare la fronte. «Cosa?»

«Ti prendo in giro perché è divertente. Non perché muoia della voglia di sposarmi.»

Un'altra lunga pausa mentre Jordan mi fissava, probabilmente cercando di capire se fossi veramente seria. «Davvero?»

Annuii. «Sì, davvero. Non muoio dalla voglia di sposarmi. Ma mi piace vederti sulle spine e scherzare sul matrimonio e le cerimonie e tutto il resto è un gioco da ragazzi quando si tratta di mandarti fuori di testa.»

Di colpo, Jordan si rilassò, come enormemente sollevato. Alzò una mano e se la passò nei capelli. «Volevo farlo perché pensavo che ti avrebbe fatto felice.»

«Oh, Bestia...» Andai da lui e lo attirai tra le braccia. «Non è una ragione per chiedermelo. Chiedimelo perché è ciò che vuoi *tu*.»

Jordan mi abbracciò, tirandomi contro il suo petto ampio e muscoloso. Inspirai il suo odore, chiudendo gli occhi. «Lo voglio, cioè, lo vorrò. Io...»

«Non sei pronto.» Mi schiarii la voce e alzai la testa per guardarlo. «E nemmeno io.»

«Pensavi che ti stessi tradendo, o che avessi intenzione di tradirti, con Anna. Non ti senti sicura della nostra relazione.»

«Un anello non è la soluzione nemmeno per *quello*. Sinceramente, è la prima volta che divento paranoica nei due anni da quando stiamo insieme. Ti stavi comportando in modo così strano. Pensa... Non ridere, ma ho pensato che le mie stupide battute sul matrimonio ti avessero spaventato e desiderassi tornare ai tuoi vecchi gloriosi giorni da dongiovanni.»

Jordan soffiò fuori il fiato e rise, stringendomi più forte. «Oddio, baby. Non tornerei a quei giorni nemmeno se mi pagassi. Cioè, sì, erano divertenti e tutto, ma...»

«Ma li hai superati?»

Jordan si chinò e mi baciò la testa. «Sì. Anna è il tipo con cui ci avrei provato per un'avventuretta, in passato. Ma quello non sono più io. E non sono tentato nemmeno un po'. Quando voglio tenere qualcuno tra le braccia, quella sei tu. Quando voglio toccare qualcuno e farmi toccare, quella persona sei tu. Quando voglio venire a casa dopo una dura giornata di lavoro e parlare con qualcuno... Sei sempre tu.»

Affondai la faccia contro il suo petto per nascondere le lacrime che mi facevano bruciare gli occhi. Ma caddero lo stesso, e stavo tremando. Jordan non ci mise molto per rendersene conto.

«April, baby, perché stai piangendo?»

«Mi sento orribile.»

Jordan mi prese il mento nella mano e mi alzò il volto in modo da potermi guardare. «Va tutto bene. A volte divento follemente geloso anch'io. Solo non lo dico. Come quando siamo fuori e un uomo mostra un po' troppo il suo interesse per il tuo sedere perfetto o il magnifico davanzale. O quando qualcuno in ufficio comincia a flirtare con te. A volte ho un po' paura che tu possa incontrare qualcuno a una delle tue lezioni.»

Risi e, dato che avevo il naso chiuso per le lacrime, uscì un grugnito.

Rise anche lui. «Adesso sembri Mia.»

«Mi dispiace di aver dubitato di te» sussurrai.

Lui mi asciugò le lacrime. «Purché non avessi intenzione di piantarmi, va tutto bene.»

Mi morsi il labbro, sentendomi in colpa. «Credo di averlo preso in considerazione per almeno cinque minuti. Ma era perché pensavo che Anna ti piacesse.»

Jordan scosse la testa. «No. Mi piace una pollastrella molto più sexy. La più sexy. Sono maledettamente ossessionato da lei.»

Chiusi gli occhi, con piccole fitte di piacere che scendevano lungo le spalle e la schiena, solo sentendo le sue parole. «Ti amo.»

«Ti amo, baby. Sempre.» Jordan alzò la mano per togliermi una qualche capello dal volto, mettendomelo dietro l'orecchio. «E adesso avrò bisogno del tuo aiuto.»

«Per che cosa?»

«Ho bisogno del tuo aiuto per capire che cosa diavolo fare con due anelli di fidanzamento.»

Risi, con gli occhi chiusi stretti. «Oh, mio Dio, anche il primo era tuo? Quello che hai detto essere di William?»

«Giuro su Dio che era la prima volta che ti mentivo.»

«Penso che sia stata per una buona causa. Ma, sinceramente, voglio che tu capisca una cosa. Non mi servono cose sofisticate. Non ho bisogno di cose appariscenti o di cui vantarmi. Ho già la cosa migliore di cui vantarmi, il mio uomo, surfista sexy e direttore finanziario geniale che fa sembrare ogni altro uomo un dilettante. Mi vanto già di te. Non ho bisogno della pietra più gigantesca e vistosa che puoi trovare. Voglio venire con te quando sapremo che è il momento giusto per entrambi e sceglieremo i nostri anelli, fianco a fianco. Quando saremo entrambi certi che ci farà felici, okay?»

Jordan si abbassò e mi baciò di nuovo la fronte. «Mi sembra perfetto.»

Tirai su col naso, veramente forte. «Devo soffiarmi il naso.»

Jordan si voltò e controllò la stanza intorno a noi. «Non vedo fazzoletti qui. Vado a cercarli.»

«Ci sono dei fazzolettini nella nostra stanza. Andiamo a prenderli lì. Mi soffierò il naso e poi... Se sarai un bravo ragazzo, potrei prendere in considerazione di fare qualcos'altro...» dissi agitando maliziosamente le sopracciglia.

«Fazzolettini, allora. Appena umanamente possibile.»

Mi prese per mano e mi condusse nella nostra stanza camminando così in fretta che dovetti praticamente correre per stargli al passo.

La mia bestia... Da quel punto di vista non sarebbe mai cambiato.

CAPITOLO VENTOTTO
WILLIAM

«AMICO, DEVI DIRLE...»

«Gliel'ho già detto e non è cambiato niente da quando l'ho fatto.» Sto discutendo con Lucas. Normalmente ne parlerei con mio cugino o Jordan. Ma Jordan mi ha irritato cercando di farmi mentire alla sua ragazza riguardo a un anello di fidanzamento. E Adam è così occupato con qualsiasi cosa sia che vuole fare con Mia che è inutile. Ma devo chiedere l'opinione di qualcuno.

Siamo seduti nella veranda, a un tavolo, a guardare il panorama e a bere bevande invernali calde. Lucas un cappuccino e io una cioccolata calda.

Lucas sbatte le palpebre, piega la testa verso di me, come se si aspettasse che aggiunga qualcosa. Lo guardo anch'io.

«Cioè, gliel'hai detto... Una sola volta?»

Faccio un gesto indifferente. «Più di una volta, in effetti. Gliel'ho anche detto nella sua lingua madre. In una chiesa. Dovrebbe bastare.»

Lucas fa un verso e scuote la testa. «Non è mai abbastanza. A loro piace sentirselo dire. Tante volte. È rassicurante. Cioè... Lei lo dice a te, giusto?»

Faccio spallucce. «Mi dice un sacco di cose che sono ripetitive e non necessarie...»

Lucas si raddrizza e alza una mano. «Un momento, chi ha detto che dire *ti amo* non è necessario?»

«Ho detto che ripetersi non è necessario. Lei sa che ho una buona memoria. Non ha bisogno di continuare a ricordarmelo, specialmente quando si tratta di un fatto così importante.»

Lucas comincia a ridere. «Non lo sta dicendo solo per te, lo dice anche per se stessa. È il modo in cui si esprime.»

Perplesso, appoggio la tazza che ora è vuota, pensando se sia il caso di preparare una terza tazza di cioccolata. Tra quella e i biscotti bosniaci, dovrò allenarmi duramente una volta a casa dalle vacanze. «Intendi dire che deve ricordare a se stessa che mi ama? Pensavo avesse una buona memoria.»

Lucas mi studia per un attimo, strofinandosi la guancia. «È... è come gettare un'ancora di salvezza al tuo partner, capisci? La vita può diventare un po' incasinata, un po' tempestosa. Hai una brutta giornata al lavoro, la sua auto si è rotta. Le cose non sono andate bene a scuola. Forse avete battibeccato perché avevate fame, o eravate stanchi. Ma anche quando non vi sentite al massimo tra di voi, arrabbiati o irritati, resta sempre quello. È una costante. Come un salvagente su una barca. Dici quel *ti amo* per ricordare a te stesso e alla tua partner che sei lì per lei nella tempesta. Che non è sola.»

Continuo a essere perplesso. Sta usando un'analogia e, tipicamente, non sono molto bravo a capirle, ma credo di aver afferrato ciò che sta cercando di dire. «Ma sono solo parole. Che cosa fanno, in realtà? Preferirei dimostrarglielo con le mie azioni.»

«Purché lei capisca che è ciò che stai facendo con le tue azioni, giusto? Dovete essere sulla stessa lunghezza d'onda... Cioè, parlare la stessa lingua.» Lucas annuisce, pensandoci. «È vero che ci sono moltissimi modi per dimostrare il tuo amore. Perdere apposta una gara di sci potrebbe essere uno dei modi che dovrò prendere in considerazione» disse con un sorriso che non capivo completamente.

Parlare la stessa lingua. Sì, parliamo entrambi inglese. Ma penso che Lucas stia facendo un'altra analogia. Le mie azioni sono il mio modo di dimostrarle il mio amore, ma se lei non lo capisce, allora non capirebbe quello che sto cercando di dirle quando le porto da bere senza che me lo chieda, quando l'aiuto a preparare un tabellone per la sua aula o quando le costruisco una cassetta per i suoi tarocchi. Io uso le mani per dirle ciò che provo.

Sono contento di aver parlato con Lucas. All'inizio ero scettico, dato che non lo conosco bene come Adam o Jordan, ma finora la qualità dei suoi consigli è molto più alta rispetto a quella degli altri due.

Con queste nuove informazioni, arrivo a una decisione. Che sia o meno finito, devo mostrarle il progetto su cui sto lavorando.

Jenna ha bisogno di quella rassicurazione.

Quindi preparo altra cioccolata, questa volta due tazze e le porto nell'altra stanza, col mio album da disegno sotto il braccio. La trovo lì, che guarda il telefono e le chiedo se vuole seguirmi nella biblioteca al piano di sopra.

«Ehi, Wil. Sì, certo. Lucas e Kat avranno la loro gara di sci tra poco ed è l'ultimo dell'anno. Hai deciso che cosa vuoi fare stasera?»

Sbatto gli occhi. «Beh, lascio a te la decisione.»

Lei mi segue sulle scale. «E se volessi uscire per andare a una festa, ballare e far baldoria fino a mezzanotte?»

Esito, pensandoci. Sembra una cosa che non mi piacerebbe per niente. Ma lo farei, se è ciò che vuole lei. Semplicemente, non mi divertirei e probabilmente lo aggiungerei alla mia lista di cose da non ripetere mai.

«Ti sto prendendo in giro, andiamo.»

Riprendo a salire e, quando entriamo nella biblioteca, metto le tazze sul tavolino e lei sorride. «Grazie per la cioccolata, ma non riuscirò più a rientrare in questi jeans se insisti a prepararla per me. Poi lo rimpiangeresti.»

Sbatto gli occhi, sedendomi sul divano. «Non mi importerebbe se prendessi peso, purché resti sana. Non cambierebbe ciò che provo...»

Jenna esita, con la tazza a metà strada verso la bocca, prima di voltarsi verso di me. «E... Che cosa provi?»

La fisso a lungo. «Non è ovvio?»

Lei abbassa la testa, beve un sorso di cioccolata e poi rimette la tazza sul tavolino. «Beh, a volta, sai, mi piacerebbe risentirlo.»

«Sì, credo di capire.»

I suoi occhi azzurro pallido fissano i miei e Jenna inarca appena un po' le sopracciglia. «Davvero?»

Prendo il mio album e lo metto tra di noi sul divano.

«Volevi che lo dicessi a parole e non capivo quanto fosse importante per te sentirlo. Ma quando hai fatto quella sciarpa per me...»

«La sciarpa ruvida e piena di difetti?»

Le presi la mano. «Sì, è ruvida e piena di difetti. Ma mi ha anche tenuto caldo quando avevo freddo e mi sentivo infelice. L'hai fatta con queste belle mani. Solo per me. Tutte le volte che la indosso, penso a tutto ciò che ti ci è voluto per farla. E quando me l'hai regalata a Natale, anche se non era finita ed erano caduti dei punti, mi ha fatto sentire bene dentro. Avevi imparato una cosa nuova e la prima cosa cui hai pensato era fare qualcosa per me.»

Jenna sbatte gli occhi che improvvisamente sono diventati più tondi.

Mi schiarisco la voce e continuo a parlare. «E quindi ho avuto l'idea di usare le mie mani per fare qualcosa per te. Non è una cosa nuova, ma non avevo il tempo di imparare qualcosa di nuovo. Ma dato che ti piacciono i miei disegni...» Spingo l'album verso di lei. «Aprilo.»

Lei lo prende e fa quello che le ho chiesto. Osservo la sua faccia mentre guarda la prima pagina: lo schizzo di un piccolo cottage su uno sfondo che conosciamo bene, un appezzamento di terreno che abbiamo comprato di recente. Dodicimila metri quadrati nelle montagne Cuyamaca, proprio accanto al lago, nella contea di San Diego. Il nostro piano è di costruire lì un cottage e vivere in modo sostenibile. È il suo sogno e stiamo già imparando tutto ciò che ci servirà per farlo.

I suoi occhi tornano allo schizzo, con una mano tesa verso la pagina mentre mormora: «Oh, William... Il nostro cottage! Lo hai disegnato».

«Volta la pagina.»

E lei lo fa. Gli schizzi mostrano il cottage da tutte le angolazioni, proprio come ne abbiamo parlato. In effetti, abbiamo passato parecchie ore parlandone. Lei vuole un gregge di capre e fare il formaggio e i saponi. Io voglio un grande orto e, ovviamente, una forgia e uno studio artistico. Abbiamo perfino già passato del tempo là, accampandoci con una tenda e camminando in lungo e in largo per tutta la proprietà per decidere che cosa vogliamo metterci e in quale punto.

Jenna continua a sfogliare i disegni dell'esterno dalle diverse angolazioni e poi arriva alla pagina con l'interno. Si porta le dita sottili e delicate alla bocca. «È bello. Non avevo abbastanza immaginazione da sognarlo, ma tu hai trasformato ciò di cui abbiamo parlato in un modo così perfetto. Oh, Wil, tutto il tempo in cui lavoravi ai tuoi schizzi, era *questo* che stavi facendo. Che regalo meraviglioso.»

Guardo in basso, rendendomi conto di colpo che il tempo che ho passato facendolo l'aveva resa infelice. «Mi dispiace che lavorare a questi disegni ti abbia turbato.»

Jenna scosse la testa. «È... Va tutto bene. Adesso capisco. Volevi farmi una sorpresa.»

«Non so più se mi piace sorprendere la gente. Cioè, devo mentire o essere reticente fino al momento giusto.» Scuoto la testa. «Non credo che ne valga la pena.»

Jenna ride e mi guarda negli occhi, poi continua a sorridere. Allunga la mano e mi accarezza la guancia. «In questo caso ne valeva decisamente la pena. Grazie.»

Prendo la mano dalla guancia e la porto alla bocca, baciandola. «So che non te lo dico spesso come vorresti, ma ti amo. Cercherò di dirlo di più.»

Lei sorride e una lacrima d'argento le scende dall'occhio. Ancora non capisco perché, ma a volte Jenna piange quando è felice, quindi non mi preoccupo. «Penso di aver capito anch'io qualcosa. Tu me lo dici spesso, semplicemente non a parole.»

Le stringo la mano, felice e insieme sollevato perché mi capisce.

Jenna appoggia l'album sul divano e si avvicina a me. Un momento dopo, ha le braccia intorno al mio collo. Ci stiamo baciando e abbracciando e la tengo così stretta contro di me che è difficile per entrambi respirare.

C'è questa sensazione, dentro di me, come una stretta al petto. So che non è così, ma mi sembra che il cuore lì dentro sia troppo grande. Immagino che sia da lì che viene il sentimento, quell'amore che sento nel cuore.

Ma è solo un sentimento, perché sento l'amore per Jenna in tutto il corpo, dappertutto.

Mentre la bacio e sento il suo profumo dolce e la tengo vicina, so che non mi stancherò mai di dirle che la amo, con le parole o con le mie mani, con le cose che le costruisco o quello che faccio per lei.

E so che è lo stesso per lei.

E, anche se a volte sembrava scomodo, incerto, *tempestoso*, per usare la metafora di Lucas, saremo l'ancora di salvezza l'uno dell'altra.

Mi fa sentire al sicuro.

Capitolo Ventinove
Katya

*H*AI PRESO DELLE DECISIONI VERAMENTE STUPIDE IN VITA TUA, *Katharina Rose Ellis, ma questa potrebbe essere la più stupida di tutte.*

Avevo le gambe che penzolavano dalla seggiovia e non ero riuscita a staccare gli occhi dagli sci che dondolavano avanti e indietro mentre scalciavo nervosamente. Quasi desideravo che uno si staccasse dallo scarpone e cadesse giù, giù, giù nella neve. *Puf*, per sparire per sempre e poi... Oops... Niente stupidissima gara di sci.

Accanto a me, Lucas si afferrò ai bordi del suo seggiolino, reagendo all'oscillazione e si voltò verso di me quando si alzò il vento.

«Gesù, Kat, che cosa stai cercando di fare? Farci cadere dalla seggiovia?»

«Come, sei uno sciatore così esperto, perché dovresti averne paura?»

«Perché non so volare?» rispose Lucas alzando le spalle. «Che c'è, stai cercando di far fuori la concorrenza?»

Lo skilift si fermò per un momento, proprio quando raggiungemmo il punto più alto. Il vento aumentò e la brezza sollevò un turbine di ghiaccio e fiocchi di neve, pungendomi gli occhi. Mi rifiutavo ancora di abbassare gli occhiali.

Soffiai fuori il fiato e scossi la testa, borbottando. «Questa gara è così idiota.»

«Cosa?»

«Ho detto: *questa gara è così idiota!*» Questa volta lo urlai. Probabilmente avevo scatenato una valanga in un canyon lì vicino, nascosto da qualche parte. Ma, maledizione, ero frustrata.

«Era ora che te ne rendessi conto.»

Lo guardai con un sopracciglio alzato. «Forse avresti dovuto dire qualcosa quando Jordan se n'è uscito con questa stupida idea.»

Lui gesticolò a mani aperte. «Perché pensavo che fosse quello che volevi tu. Sai, dato che cerchi continuamente un motivo per competere con me.»

«La gente che vive in una casa di vetro non dovrebbe sfidare sua moglie a una gara di sci!»

«Uhm, *cosa?*»

«Noi siamo in competizione su tutto. Non sono solo io. Lo fai anche tu.»

Lucas scosse la testa. «Io non...»

«Allora, perché non mi dici il motivo per cui ti sei dato tanta pena per nascondermi i problemi che hai in ufficio? Forse non vuoi che li scopra perché in qualche modo significa che sto vincendo perché a me il nuovo lavoro piace?»

Il suo volto si rannuvolò e distolse lo sguardo.

«Visto? A dimostrazione che lo facciamo entrambi» conclusi, prendendo come una conferma il fatto che non lo avesse negato.

Lucas tornò a guardarmi. La seggiovia non aveva ripreso a salire e non avevamo modo di sapere che cosa la stesse bloccando. Forse qualcuno era caduto mentre scendeva? Non prometteva bene per *noi*.

Mi voltai a inarcai le sopracciglia, aspettandomi che parlasse.

«Perché diavolo lo stiamo facendo?» chiese infine Lucas.

«Non è colpa mia!» squittii. «È stato Jordan a cominciare.»

«Fottuto Jordan» disse Lucas a denti stretti.

Passò un altro momento e poi lo skilift ricominciò a salire con uno scatto. Scoppiamo entrambi a ridere nello stesso momento.

Scossi la testa. «Peccato che non sia qui altrimenti lo prenderei a calci con gli scarponi da sci.»

«Io lo lascerei cadere a testa in giù nella neve.» Fu il contributo di Lucas.

«Non riesco a credere che sia riuscito a farcelo fare.»

«E che abbia fatto pressione per farci dare spettacolo, come scimmie ballerine, per piazzare scommesse. Voleva anche farci scendere su una pista nera. Riesci a immaginarlo?»

«Fottuto Jordan!» gridai così forte che echeggiò nella valle. Passò un altro momento mentre restavamo in silenzio. Lo guardai con la coda dell'occhio. «Solo perché ci ha incoraggiati non significa che siamo obbligati a farlo.»

Lucas sospirò e si sistemò il berretto di lana sulla testa. «Mi sento obbligato. Adesso il capo ci sta guardando.»

Lo guardo con la coda dell'occhio. «Il lavoro va *tanto* male? Perché non me l'hai detto? Forse avrei potuto aiutarti.»

Con un sospiro lunghissimo, Lucas scosse la testa. «Okay, lo ammetto. Non volevo parlarti delle stronzate con cui ho a che fare perché tu te la stai cavando magnificamente nel tuo nuovo lavoro e io non tanto.»

Lo guardai come fosse un alieno. «Ma sia Jordan sia Adam dicono che stai facendo un ottimo lavoro.»

Lucas guardò inconsciamente verso la piattaforma dove c'erano tutti i nostri amici, in un punto perfetto per guardare l'inizio della gara. In quel momento erano nascosti dagli alberi e non potevamo vederli. «Perché non lo sanno. Sto avendo difficoltà con due dei miei impiegati che si stanno scannando a vicenda e minacciano ogni giorno di andarsene se non licenzio l'altro.»

Do un'occhiata incredula a mio marito. «Già, sono sicura che Adam e Jordan non hanno *mai* avuto a che fare con impiegati infantili.»

Sbattei un paio di volte gli occhi. «Non hai tutti i torti.»

«A volte mi capita di aver ragione.» Gli rivolsi un sorriso soddisfatto.

Lui fece un respiro profondo e poi sospirò, con il fiato che fluttuò come una nuvola. «Dio, sono contento di aver finalmente confessato.»

Gli rivolsi un'occhiata un po' colpevole e deglutii. «Ho anch'io qualcosa da confessare.»

Lui si voltò a guardarmi, aspettando che parlassi.

Mi morsi il labbro. «Io potrei aver... esagerato le mie capacità sugli sci.» Lucas sbatté gli occhi e poi ci fu un immediato e notevole cambiamento nella sua postura. Abbassò le spalle. Era sollievo? Mi schiarii la voce. «Oramai dovresti sapere che sono per il novanta per cento spavalderia, per il cinque per cento grinta e per il tre per cento fortuna.»

«E l'altro due per cento?»

Deglutii, studiando il pendio più avanti mentre salivamo più in alto. «Quella è la pazzia.»

«*Non* sei pazza, Kat.»

«È colpa mia se c'è questa gara, no?»

Lucas scosse violentemente la testa. «No, abbiamo appena detto che è stata colpa di Jordan.»

«Ah, già» risposi ridendo.

«Penso che stiamo entrambi soffrendo per un colossale malinteso.»

Mi morsi il labbro. «Avevo intenzione di dirtelo quella prima sera, in trattoria dopo cena. Ma poi tutta la faccenda si è dilatata in modo sproporzionato. Tutte quelle stupide battute sui canadesi mi avevano esasperato, quindi ho esagerato le mie capacità. *Parecchio.* E poi Jordan ti ha provocato...»

«E Adam era proprio lì. Non avevo intenzione di tirarmi indietro di fronte al mio capo.»

Abbassai la testa. «Perché siamo continuamente in competizione?»

Lucas alzò le spalle, impotente. «Forse è perché è così che è cominciata la nostra relazione. Sono colpevole anch'io.»

Ci voltammo entrambi a guardare avanti. Lo skilift stava arrivando in cima al pendio ed era ora di scendere. «Siamo giocatori. È ovvio che siamo competitivi. Solo... Vorrei che non fosse proprio su tutto, sai. Alla fin fine, siamo nella stessa squadra.»

Quando arrivammo in cima, scendemmo entrambi e, fianco a fianco, ci dirigemmo verso il punto d'inizio della pista intermedia. In lontananza, più in alto sul pendio, arrivavano suoni lontani di gente che tifava e ci chiamava. Voltammo entrambi la testa in quella direzione, finché riuscimmo a vederli nell'area di osservazione. Il gruppetto di nostri amici, tutti infagottati che agitavano freneticamente le mani.

Lucas sospirò, sconfitto.

«Penso che sia ora che le scimmie ballerine si ribellino» dissi.

Lucas inarcò immediatamente le sopracciglia che quasi raggiunsero l'orlo del berretto. «Scusa?»

«Rifiutiamoci di gareggiare. Scenderemo semplicemente alla nostra velocità.»

Lui strinse gli occhi. «Non è un trucco per potermi battere, vero?»

Scossi la testa. «Sono mortalmente seria. Inoltre, tu sei uno sciatore migliore di me. Non avrei, la minima possibilità. Lo ammetto, qui, adesso, e a voce alta.»

Lucas sembrò imbarazzato. «Allora ho un'altra confessione da fare...»

«Ah?»

«Scio da schifo. Anche se ero un ragazzo ricco, anche se passavo le vacanze invernali in Europa, non è mai stato il mio sport.»

A quel punto persi il controllo, proprio lì sulla pista. Cominciai a ridere forte, anche mentre la gente ci oltrepassava e cominciava la sua discesa. «Oh, mio Dio, siamo così stupidi. Andiamocene da questa montagna e andiamo a giocare qualche partita di Steep sulla PlayStation. Una gara bella e *sicura*.»

Il sorriso di Lucas divenne radioso. «L'unico problema è che l'unico modo per andarsene da questa montagna è scendere con gli sci. Ma possiamo sempre farlo insieme.»

«Suggerirei di tenerci per mano, ma avrò bisogno di entrambe le racchette per tenermi in equilibrio. Comunque, facciamo il patto di non deriderci a vicenda, okay?»

«A me sta bene. Facciamo con comodo questa discesa giù per la montagna per andare a sederci al calduccio accanto al fuoco e fingere di scendere con gli sci sulla console.»

Entrambi alzammo i pollici rivolti ai nostri amici che ci guardavano dall'alto. Poi con un «Ci siamo» ci spingemmo giù per la collina.

Come bere un bicchier d'acqua, no?
Beh... Non esattamente.

Capitolo Trenta
Lucas

Passare l'ultimo giorno dell'anno in un pronto soccorso canadese ad aspettare il risultato della radiografia di mia moglie non era la mia idea di divertimento. Sì, esatto, era l'ultimo giorno dell'anno ed ero riuscito a far finire in ospedale mia moglie.

Rabbrividii al pensiero di che cosa sarebbe potuto succedere se avessimo *veramente* gareggiato. Avrebbe potuto essere molto peggiore, ma comunque anche così non era una bella cosa. Mi alzai, camminai in circolo, mi sedetti di nuovo, giocherellai con il mio anello nuziale. Non riuscivo a restare fermo e non sarei stato tranquillo finché Kat non fosse tornata dalla radiologia.

«Stai seduto, amico, mi stai innervosendo.»

Rivolsi un'occhiata acida a Jordan. «Ah, sì, certo, scusami. È solo mia moglie quella là dentro con chissà quante ossa rotte...» Indicai violentemente con un braccio la direzione in cui avevano trasportato mia moglie venti minuti prima.

Jordan sbatté gli occhi e lanciò un'occhiata preoccupata nella stessa direzione. «Sta bene. Cioè, deve star bene. Kat è una dura, giusto. Una vera dura.»

Ci avevano trasportato giù per la montagna su un gatto delle nevi fino a una stazione di primo soccorso a fondovalle, dove l'avevano controllata subito.

Aveva battuto la testa, la caviglia le faceva male, gonfia come un pallone. E non poteva appoggiarci il peso.

Speravo solo che non avesse fratturato niente. Maledizione. Sarebbe stata una convalescenza lunga e dolorosa e, dato che si trattava della caviglia, forse sarebbe stato necessario un intervento chirurgico a seconda di quanto fosse grave.

Mi si annodò lo stomaco e mi passai la mano nei capelli.

Almeno Jordan ebbe la decenza di apparire preoccupato.

L'infermiera tornò per dirci che Kat era tornata nella sala visite. Il medico stava controllando la sua radiografia e sarebbe venuto presto. Balzai fuori dalla sedia per seguirla e Jordan con me.

Era venuto con noi mentre il resto del gruppo aspettava nella villa. Jordan aveva insistito e, anche se Mia sarebbe stata la scelta più ovvia per stare con la sua amica e offrire consigli medici se necessari, Jordan non aveva voluto saperne.

Mi voltai a guardarlo. «Non hai già fatto abbastanza?»

«Amico, voglio solo assicurarmi che stia bene in modo da poter mandare un messaggio a tutti e dare loro qualche informazione. Buone notizie, spero.» Sembrava colpito. Quasi in colpa. *Bene.* Era stata la sua boccaccia che ci aveva ficcato in questo pasticcio.

Quando entrammo nella stanza, Kat era piegata in due e gemeva, piangendo.

Porca paletta.

«Fa male. Fa male. Maledizione. Ohhhh.» Quando andai da lei, praticamente mi cadde nelle braccia dal lettino e l'abbracciai stretta.

«Shh. Mi dispiace. Mi dispiace.»

«È Jordan quello che dovrebbe essere dispiaciuto!» quasi urlò. Cazzo. Doveva farle *realmente* male perché non l'avevo mai vista così. Cioè, piangeva, ovviamente. Una volta ogni tanto. Per ragioni emotive. Ma in circostanze normali sembrava tollerare bene il dolore. Doveva veramente essere insopportabile.

«Digli di andarsene. Non voglio nemmeno guardarlo.»

Lanciai a Jordan un'occhiata letale da sopra la testa di mia moglie.

Jordan alzò le mani. «Vado, vado. Volevo solo dirti che mi dispiace, Kat. La responsabilità è tutta mia. È stato veramente stupido mettervi l'uno contro l'altra e mi sento veramente da cani. Per favore, posso...»

«Vaiiii!» ululò mia moglie, con la testa affondata nel mio petto e, con un sospiro rassegnato, Jordan fece un passo indietro. Mi guardò negli occhi continuando a tenere le mani alzate, impotente. Poi si voltò e se ne andò.

Un minuto dopo, Kat mi chiese se ne fosse andato e le assicurai di sì.

Poi si staccò e si raddrizzò. «Bene, perché non so per quanto tempo sarei riuscita a continuare la commedia.»

La guardai sorpreso. Occhi limpidi, nemmeno una traccia di lacrime. «Cosa?»

«Oh, se lo meritava. Non provare nemmeno a dirmi che non meritava di sentirsi in colpa.»

Mi grattai la fronte, perplesso. «Hai ingannato anche me.»

Lei agitò una mano, indifferente. «Sì, mi dispiace. Sei stato un danno collaterale. Voglio solo che si crucci per un po'.»

Scossi la testa. «Allora, non ti fa male?»

Lei scosse la testa. «Mi hanno iniettato qualcosa prima di portarmi in radiologia. Non sento un accidente di niente. Ma

Jordan non ha bisogno di saperlo. Forse posso riuscire a farmi servire di tutto punto da un miliardario per tutto il resto del tempo che ci resta qui. Magari gli farò indossare qualcosa di buffo o troverò un altro modo per umiliarlo.»

Strinsi le labbra. «Bene, per quanto l'idea sia divertente, tecnicamente, Jordan è ancora il mio capo.»

Kat spalancò gli occhi. «Ooh, lo so, magari ti darà un aumento per placare il suo senso di colpa.»

Mi misi a ridere. Non molto dopo, il medico arrivò e ci informò che si trattava di una forte distorsione e la dimisero poco dopo. Ovviamente dovetti ascoltare tutta la tiritera sulla superiorità del sistema sanitario canadese dalla mia moglie canadese. Dopotutto non aveva torto.

Jordan quasi non disse una parola mentre tornavamo alla villa, abbastanza mogio. Prima o poi gli avrei detto la verità.

Le aveva fatto mandare un enorme mazzo di fiori nella nostra stanza. Un gigantesco pallone di mylar con la scritta "mi dispiace" fluttuava accanto al soffitto. Kat cominciò a ridere istericamente mentre la portavo dentro e lo vide.

«Dirò ad Anna di trovare un gigantesco pallone a forma di alce con una foglia d'acero per lui e gli dirò che deve salire in aereo con quello legato al polso come un bambino di quattro anni.»

E ci divertimmo un mondo a sognare altre possibili umiliazioni per Jordan.

Qualche ora dopo, Mia e Adam si fermarono a salutarci e a vedere come stava Kat mentre uscivano per andare in una località isolata dove sarebbero rimasti tutta la notte per un festeggiamento privato.

E perfino io non potei fare a meno di notare come fossero splendidi nei loro abiti eleganti. Adam indossava un abito scuro con una cravatta grigia e Mia un abito corto, blu elettrico, di velluto dévoré con scarpe lucide a tacco alto.

Wow.

Kat spalancò gli occhi. «Mia! Non è giusto, tu hai tutto il glamour e io niente ed è Capodanno. Andrete a ballare stasera, vero? E io sono qui con la caviglia gonfia come un pallone da rugby.» Sospirò e poi rivolse all'amica un sorriso sghembo. «Siete così belli! Felice primo anniversario!»

Mia si abbassò e l'abbracciò. Adam le chiese come andava, si chinò e la baciò sulla guancia. Nessuno dei due voleva andarsene finché assicurammo loro che avevamo tutto ciò di cui avevamo bisogno. Tante borse del ghiaccio. Le pillole che le aveva prescritto il medico. E gli ordini del medico di non restare in piedi e tenere in alto la caviglia infortunata.

Solo allora Mia fu soddisfatta e, con sollievo, Adam la prese per mano e la portò via. Mentre uscivano, il resto dei nostri amici si mise in fila per augurare loro felice anniversario e spedirli dove dovevano andare.

E loro se ne andarono

E... Noi restammo da soli nella nostra stanza.

Mia moglie, nonostante il suo infortunio e la presunta mancanza di glamour, sembrava incredibilmente attraente con quel sorriso un po' da svitata, i capelli color della fiamma in disordine e gli occhi allegri.

«Vieni qua. Tu dovresti essere a mia completa disposizione, giusto? Quindi io ti sto ufficialmente dando ordini.»

«Si dice impartendo ordini» dissi mentre mi avvicinavo.

I suoi occhi azzurri scintillarono mentre si leccava le labbra. «Mmm. Mi piace quando parli da ragazzo ricco che ha frequentato le scuole private.»

«Potrei fare altre cose che ti piacerebbero perfino di più.»

«Purché non debba essere atletica o usare il piede, io ci sto.»

Mi fece ridere. «A meno che tu stia pensando a qualche stranissima posizione che non conosco, allora non sarà necessario usare il piede.»

Con un sacco di risate e ancora più baci, la tirai contro di me, slacciandole in fretta la camicia da notte. Quando si aprì e apparvero i suoi seni perfetti e nudi, ansimai per una fitta di eccitazione. «Oh, non hai idea di quanto sia grato che non abbia slogato le tette.»

Kat ricadde sul cuscino con una grande risata di pancia. «Beh, grazie al cielo tu non hai slogato la bocca.»

«Già, lascia che ti dimostri com'è in forma la mia bocca in questo momento...»

E coprii di baci ogni centimetro del suo corpo che potevo raggiungere. Niente gara. Solo un sano vecchio lavoro di squadra. Ricompensato da orgasmi.

Capitolo Trentuno
Jenna

«William» chiamai, distraendolo mentre continuava a disegnare nell'alcova. Era stato preoccupato per la salute di Kat, come il resto di noi, ma era anche stato irritatissimo di dover stare all'aperto, al freddo, a guardare la gara, per quello che era stata.

Non aveva quasi lasciato il camino da quando eravamo tornati in casa. Temevo che il mio tesoro ne avesse abbastanza del clima freddo, delle montagne e della neve e fosse pronto a tornare nell'assolata California del Sud. E, anche se il tempo a casa non era esattamente caldo, almeno secondo i nostri standard, era praticamente tropicale rispetto alle temperature invernali a questa altezza e a questa latitudine.

E mi fece sorridere ancora di più quando pensai alla sorpresa che avevo preparato nel paio d'ore in cui William si era scaldato accanto al fuoco perfezionando i suoi disegni.

«Devi fare un viaggetto con me.»

Lui alzò gli occhi dal suo album, perplesso. Stavo correndo il rischio di frustrarlo essendo troppo figurativa, ma avrebbe capito presto. Non avevo intenzione di tirarla per le lunghe.

«Cosa? Quando?»

Salii i tre gradini per entrare nell'alcova e diedi un'ultima occhiata alle montagne mentre scendeva la sera, con il cielo che diventava viola e blu. Così bello... «Andiamo ai tropici. Proprio adesso.»

William mi guardò sbattendo gli occhi. «Cosa?»

Sorrisi e gli tesi entrambe le mani perché le prendesse. «Metti via il tuo album e vieni con me, per favore!»

Con un profondo sospiro, come se gli avessi appena assegnato una montagna di incombenze, ubbidì, appoggiando l'album da disegno e la matita. Poi si alzò e prese una delle mie mani. «Sono sicuro che capirò presto, perché non ho la minima idea di che cosa tu stia parlando adesso.»

Gli strinsi dolcemente la mano e lo tirai con me. «Oh, lo capirai molto presto.»

Poi lo condussi nel solarium, dove avevo tirato le tende per nascondere lo sfondo freddo e invernale. L'enorme televisore montato sulla parete in fondo trasmetteva un video che avevo trovato su YouTube, che mostrava una spiaggia tropicale e palme che ondeggiavano alla brezza. Dagli altoparlanti arrivava musica polinesiana a basso volume. Avevo acceso al massimo i due radiatori a fungo per riscaldare e rendere gradevole la temperatura del locale.

William si fermò accanto a me e ispezionò la stanza. Approfittai della sua distrazione per prendere le mie piccole creazioni dal tavolo vicino. La casa era stata riempita di fiori freschi quando eravamo arrivati e, quando avevo avuto l'idea, avevo deciso di riutilizzare alcuni dei fiori meravigliosi per farne delle corone. Non sembravano autentiche, ovviamente, ma sarebbero andate bene per quest'occasione. Me ne misi una sulla testa e presi l'altra per lui.

Poteva essere difficile. Di solito Wil non amava avere niente sulla testa, cappelli o roba simile, ma avrei sempre potuto prendere un pezzetto di spago e trasformarla in una brutta collana di fiori.

Sorprendendomi, William studiò la corona che avevo in testa per un lungo momento, prima di abbassare silenziosamente la sua testa e darmi senza parlare il suo permesso per mettergliela sulla testa. Se la sistemò una volta rialzatosi.

«Allora, immagineremo di essere in qualche posto tropicale?»

«La Polinesia francese! Abbiamo la cena... Ho ordinato del cibo hawaiano, maiale e riso in stile Kalua. E c'è un vassoio di frutta fresca, perfino dell'ananas. La concierge ha organizzato tutto per me quando l'ho chiamata. Non è fico?»

«Non è un fico se è un ananas.» William sottolineò la sua dichiarazione con un sorriso. Solo lui poteva cavarsela con una battuta del genere, ma risi, e di cuore.

«Ho anche preparato dei drink tropicali e guarda... C'è quel grande asciugamano accanto all'idromassaggio. Così possiamo goderci il nostro luau sulla spiaggia.»

«Non credo che abbiano i luau nella Polinesia franc...»

«William, stai al gioco, okay? Stiamo facendo finta.»

Lui sbatté gli occhi e sul volto fiorì un lento sorriso. «Okay. Ma io posso far finta di essere seduto sulla spiaggia a guardarti mentre fai una speciale danza polinesiana?»

Spalancai gli occhi. Non avevo idea di come ballare in quel modo, ma avrei sempre potuto improvvisare. Quindi lui si sedette sull'asciugamano e io roteai e mossi un po' i fianchi. Avevo preso qualche lezione di danza del ventre e immaginavo che fosse almeno un po' simile. Mossi le braccia per aria come avevo visto fare le ballerine polinesiane.

Una volta finito, feci una riverenza e William batté le mani. Poi lo raggiunsi sull'asciugamano.

«Com'era?»

«Penso che la Polinesia francese sia meravigliosa. Molto più piacevole della neve fredda e del ghiaccio.»

Sorrisi e gli schioccai un grosso bacio sulla bocca. «Bene.»

«Dato che siamo nella Polinesia francese, ho qualcosa di speciale da dirti.»

Presi un piatto e cominciai a riempirlo per lui. «Oh? Che cos'è?»

«*Je t'aime.* Significa...»

«Ti amo. In francese! Adesso l'hai detto in tre lingue: inglese, bosniaco e francese.»

Lui scosse la testa. «Sono arrivato a impararne quindici finora e spero di aggiungerne altre venti prima di tornare a casa.»

Spalancai tanto d'occhi.

«A te piace sentire le parole, ma ho immaginato che potrebbe diventare noioso per me ripetere la stessa cosa di continuo, quindi sto imparando altri modi per dirlo.» Poi, come per dimostrarlo, fece dei segni in quello che potevo solo presumere fosse il linguaggio dei segni americano. E potevo solo presumere che significasse *ti amo.*

Oh, William! Avrei potuto cercare in tutto il mondo e non trovare mai nessuno così unico, meraviglioso e incredibile.

Appoggiai il piatto e gli gettai le braccia intorno al collo. Le nostre bocche si incontrarono in un bacio bollente e delizioso. «Ti dispiace se la nostra cena diventa un po' fredda?»

Lui mi strinse più forte. «C'è sempre il microonde.»

Poi si lasciò cadere all'indietro sull'asciugamano, tirandomi con lui e lo seguii, ridendo.

La Polinesia francese era un posto meraviglioso dove festeggiare il Capodanno.

CAPITOLO TRENTADUE
HEATH

MOLTO DOPO LA FOLLIA DELLA GARA DI SCI DI KAT E Lucas e la corsa al Pronto Soccorso che ne era seguita, era strano pensare che le cose si stessero veramente calmando l'ultimo giorno dell'anno.

Quando ero più giovane avevo trascorso serate come quella ubriacandomi fino a svenire o facendo sesso con qualche tizio che sembrava molto più sexy con l'alcol in corpo che alla cruda luce del giorno. Alcuni di quei tizi si erano veramente rivelati orrendi, talmente brutti che ti saresti staccato il braccio a morsi pur di non svegliarli togliendo il braccio per scappare. Coyote Ugly.

Oh, i vergognosi rientri a casa la mattina di Capodanno, con la testa che pulsava e la bocca secca, fantasmi delle bevute passate, curate con un goccio d'alcol dopo sbornia.

Dimenticare i vecchi amici... E così via.

Ma era questa la vigilia di Capodanno? In un nuovo resort, con carne fresca dappertutto, ero curiosamente disinteressato, preferivo stare con i miei amici e godermi l'ambiente e la loro compagnia. Era una cosa nuova per me.

Stavo finalmente crescendo?

Avevo esitato quando Mia mi aveva invitato, l'imbarazzo di essere la nona ruota del carro tra le quattro coppie e così via. Ma alla fine ero contento di essere venuto, se non altro per passare del tempo con i miei tre amici più intimi, Mia, Kat e Adam, e i loro compagni di vita e familiari.

Non molto dopo l'incidente, dopo avere tutti assicurato a Mia che Kat sarebbe stata bene e che ci saremmo presi cura di lei, accompagnammo alla porta Adam e Mia per la notte che avrebbero passato da soli per festeggiare il loro grande anniversario.

April e Jordan uscirono poco dopo, anche loro elegantissimi, per cenare in qualche hotel nel villaggio e unirsi ai festeggiamenti. Il resto di noi sarebbe rimasto pigramente a casa.

Gregg, l'assistente della concierge, aveva cercato di chiedermi di uscire tutta la settimana. Semplicemente, non era il mio tipo. Ero stato gentile e lui aveva capito, prendendola bene. Avevamo finito per cenare insieme nella stessa piccola trattoria dove avevamo cenato tutti insieme all'inizio della settimana.

Mangiare ancora la poutine, secondo me, era una grande idea.

Parlammo di musica, che era praticamente l'unico argomento di interesse comune, mangiammo buon cibo e bevemmo qualche birra. Non era stato malaccio. Tornai a casa qualche ora prima di mezzanotte.

Come mi aspettavo, la casa era piuttosto tranquilla. Per primi, incontrai April e Jordan, che erano già tornati dalla loro grande serata fuori, ancora tutti vestiti elegantemente. Lui indossava un completo nero firmato, fatto su misura per il suo fisico impressionante, e lei aveva la classica *petite robe noire* che le arrivava appena in cima alle cosce e luccicanti scarpe alte con tacco che sembravano costare più di quello che guadagnavo in un mese. E nonostante le voci che erano circolate nella villa durante tutta la settimana, April non aveva un anello di diamanti alla mano sinistra. Jordan doveva essersi tirato indietro, alla fine, sempre se i pettegolezzi erano stati veri.

C'era musica e stavano ballando stretti, ondeggiando uno contro l'altro. Beh, era bello sapere che avevo degli amici che sapevano ballare.

«Heath! Buon anno! Com'è andato il tuo appuntamento?» chiese April con la testa appoggiata alla spalla del suo uomo.

Jordan appoggiò la testa sopra quella di April mentre continuavano a dondolarsi al ritmo della musica. «Beh, è tornato due ora prima di mezzanotte, quindi azzarderò un'ipotesi e dirò che non è stato dei migliori.»

«No, non era un appuntamento. Solo poutine e birra in trattoria. È un ragazzo carino, ma...» Feci spallucce.

«Non abbastanza per te» disse April, allungando una mano per appoggiarla sul mio braccio. Era chiaramente un po' brilla e stava procedendo verso la sbronza. Fortunato Jordan. «Vieni, balla con noi, Heath.»

Alzai una mano. «Va bene così. Andrò a dare un'occhiata a Kat per vedere come sta e poi magari farò un po' di popcorn e guarderò un film.»

«Fai come vuoi, amico, solo, non bere da solo» intervenne Jordan.

Risi. «Non ne avevo l'intenzione. Voi due divertitevi... Vedo che lo state già facendo.»

April voltò la testa contro il petto di Jordan e ridacchiò un po'. Lui la tenne in equilibrio stringendola e mettendole una mano dietro la testa. Le lisciò i capelli e le baciò la testa.

Lasciai il soggiorno e bussai alla porta di Kat e Lucas. Ci volle un minuto prima che mi dicessero di aprire la porta. E nel frattempo ci furono parecchie risatine.

Oh, gente, avevo ovviamente interrotto qualcosa. Aprii appena un po' la porta. «Ehi, voi due. Vi lascerò tornare a quello che stavate facendo...»

«Entra. Sono presentabile» disse Kat.

Aprii un altro po' la porta. «Ma non lo eri un minuto fa, giusto?» Aveva le coperte tirate fino al collo, ma il piede fasciato spuntava fuori, appoggiato in alto su dei cuscini, come doveva essere. Lucas era completamente vestito, anche se sembrava che si fosse rimesso la camicia in fretta e furia. Bene allora.

«Buon anno, Heath!» gridò Kat, un po' troppo forte e alzò una mano agitandola freneticamente come se fossi lontano un chilometro e stesse cercando di attirare la mia attenzione

«Non hai bevuto, vero?»

Lucas scosse la testa. «No, l'alcol è proibito a causa dei farmaci che, a quanto pare, rafforzano la sua naturale pazzia.»

Kat si mise a ridere. «Allora, che cos'ho imparato oggi? Mai fare una gara di sci con il tuo uomo.»

Sorrisi. «Prenderò il consiglio in seria considerazione se mai dovesse capitare l'occasione, grazie. C'è qualcosa che posso portarvi? Acqua? Preservativi?»

«Pfui. Quelli non ci servono, a meno che tu abbia intenzione di gonfiarli a forma di animali» disse Kat continuando a ridere e a dimenarsi.

Lucas ridacchiò e le rimise sul cuscino il piede che era caduto. «Il medico vuole che lo tenga in alto» la rimproverò dolcemente. Poi si rivolse a me: «Stiamo bene così. Grazie, Heath. Vuoi restare con noi e guardare il countdown?».

Diedi un'occhiata alla TV che non era nemmeno accesa. «Eh, penso che andrò semplicemente a rilassarmi. Voi due sembrate avere dei programmi per salutare il nuovo anno che decisamente non coinvolgono me. Di' solo a Kat di non essere così rumorosa. Non abbiamo bisogno di sapere quanto si stia godendo gli antidolorifici... e te.»

Katya afferrò un cuscino e me lo lanciò. Mancandomi clamorosamente. Testimonianza evidente dell'intontimento dovuto ai suddetti antidolorifici.

«Ciao. Ci vediamo il prossimo anno.»

Chiusi la porta ma riuscii a sentire la sua risposta. «Ah, ho capito! Ci vediamo l'anno prossimo.»

Risi e scossi la testa. Non aveva bevuto niente ed era fuori come un balcone. O stavano per essere contenti entrambi oppure Katya sarebbe stata morta per il mondo per le nove ore seguenti. Difficile dire qual era l'ipotesi giusta.

Mentre andavo in cucina per prendere gli snack da mangiare guardando il film, passai accanto all'entrata del solarium e vidi che lo schermo della TV e parecchie luci erano accese. Quando entrai per spegnerli, notai la coppia che si stava baciando seduta su un grande asciugamano steso sul pavimento. Erano sotto un grande radiatore a fungo proprio accanto all'idromassaggio che gorgogliava, entrambi con una corona di fiori freschi in testa.

Faceva caldo come in un giorno d'estate lì dentro. La TV trasmetteva il video di un oceano turchese che si rompeva sulla finissima sabbia bianca, palme che ondeggiavano alla brezza e il sole che picchiava.

Beh... Sembrava che qualcuno ne avesse avuto più che abbastanza delle montagne e della neve.

«Aloha» dissi quando mi notarono.

William fece una smorfia. «Non credo che sia un saluto canadese.»

Indicai la TV, il radiatore e l'asciugamano. «Chiaramente voi due non siete più in Canada.»

Jenna sorrise, allungò la mano verso l'idromassaggio e mi inviò uno spruzzo d'acqua. Qualche gocciolina mi finì sulla fronte. «Siamo a Tahiti.»

«Oh» dissi, riflettendo. «*Bonjour*, allora. Quello funziona per il Canada e Tahiti, visto, William, ho capito.»

«Stiamo solo fingendo di essere a Tahiti» aggiunse inutilmente William. Strana spiegazione per un uomo che indossava regolarmente un'armatura medievale e lottava contro altri uomini con spada e scudo.

Ma quello era William, eccentrico, a volte bisbetico, ma un uomo onesto e davvero fantastico.

Poco dopo, non so come, mi trovai all'esterno, nel cortile coperto di neve, dopo aver salutato Jenna e William e aver fatto loro gli auguri per la loro vacanza tropicale. C'era stato molto amore e accoppiamenti vari in quella casa e dovevo prendermi una pausa per raccogliere le idee.

Ero lì, con il freddo che mi mordeva le guance e gli occhi che lacrimavano, stringendomi nelle braccia coperte dalla felpa troppo sottile. L'abbigliamento inadeguato era colpa mia, per essere uscito d'impulso, immagino.

Era l'ultimo giorno dell'anno. Ero in una casa piena dei miei amici più intimi eppure... Mi sentivo filosofico e stavo assecondando il bisogno di restare da solo con il silenzio e i miei pensieri. A riflettere sul futuro.

Cercando di capire che cosa volessi realmente. Sapevo con certezza che non era come avevo vissuto negli ultimi anni: feste, uomini nuovi, crogiolarmi nella solitudine. Era ora di cambiare pagina. Era ora di crescere, evolvere. Era ora di decidere e piantarla di tentennare.

Dimenticare i vecchi amici... *No.* Non potevo dimenticare. E non lo volevo nemmeno.

Presi il telefono e mandai un semplice, breve messaggio.

So che lì l'anno nuovo è cominciato già da ore e che probabilmente stai dormendo per smaltire i bagordi, ma... Volevo solo augurarti un buon anno nuovo. Spero che per te sarà un anno felice.

Con un groppo in gola, premetti invio per mandare il messaggio a Connor, prima che mi mancasse il coraggio. Ci tenevamo in contatto, ogni tanto, ma non era come prima. Ed ero stato io ad allontanarmi.

Con un sospiro, soffiai fuori il fiato, guardando in alto verso le montagne che si stagliavano brillanti contro il buio e il cielo pieno di stelle di sopra. L'aria fredda, pulita, mi vorticava attorno e mi sentii vivo, pieno di energia.

Di colpo, tutto intorno a me, rumore, clacson, gente che gridava e urlava. Alcuni battevano su pentole e padelle, altri suonavano le trombette. E proprio sopra il resort nella valle, che riuscivo a vedere perfettamente dal mio punto di osservazione, fuochi d'artificio che lampeggiavano e risuonavano sopra il villaggio di Whistler mentre il vento portava il suono lontano di folle che festeggiavano. Era mezzanotte sulla costa occidentale.

Mi sentivo collegato al mondo eppure distaccato: un osservatore.

Avevo una buona sensazione riguardo all'anno nuovo. Riguardo a tutte le cose che avevamo passato. Le cose stavano cambiando, sì, ma non necessariamente in peggio.

Voltai lo sguardo verso nord e colsi un barlume di verde lungo l'orizzonte, la prima volta che intravedevo le luci del nord.

Mi chiedevo se anche Adam e Mia potessero vederle da dov'erano.

Sorridendo, augurai loro in silenzio un buon anniversario, mi volta e rientrai.

Capitolo Trentatré
Adam

NON CAPITAVA TUTTI I GIORNI CHE MI SERVISSERO UNA cena di parecchie portate preparata da uno chef stellato in una baita isolata in montagna, eppure eccomi qui. E certamente non capitava tutti i giorni nemmeno che festeggiassi il mio primo anniversario di matrimonio con la mia incredibile moglie.

Era un giorno che capitava una sola volta nella vita.

Ci avevano portati in questo rifugio isolato con un fuoristrada, poi con una slitta trainata da un cavallo attraverso una distesa di neve immacolata fino a una baita accogliente, pronta per noi. Il pasto era stato trasportato su un gatto delle nevi da una cucina lì vicino dove l'avevano preparato.

E adesso eravamo seduti a una tavola elegante con una tovaglia bianca di damasco, accanto a un camino, mentre la breve giornata sfumava nella sera. Una cameriera, timida ma amichevole, era la nostra unica compagnia e si sarebbe congedata dopo averci servito il dessert. E poi saremmo rimasti da soli, lì, nel silenzio, per passare la notte insieme. Niente cellulari. Niente televisione. Niente Internet.

Solo la mia bella moglie e io.

Un anno fa ci eravamo sposati su un'isola tropicale nei Caraibi. Quest'anno eravamo in alto, tra le montagne coperte di neve. Ogni tanto pensavo a dove ci avrebbe portato il secondo anniversario. E il terzo? E il decimo?

Saremmo dovuto diventare creativi, visto che avevamo già posto tanto in alto l'asticella.

Con gli antipasti (foie gras su pane tostato con pere e cipolle caramellate) chiacchierammo del più e del meno. Discutemmo dell'incidente di Kat sulla pista e delle nostre reciproche preoccupazioni. Parlammo della vacanza in generale e rivangammo alcuni dei momenti più memorabili. L'attacco dell'orso fantasma alla sorgente calda fu l'episodio che ci fece ridere di più.

Quella settimana c'erano stati parecchi momenti divertenti, avevamo accumulato bei ricordi e avevamo imparato qualcosa l'uno dell'altra, dopo anni da che eravamo diventati una coppia.

Avevamo imparato che non c'era mai una linea del traguardo, mai un punto preciso che definiva un "felici per sempre", che invece doveva essere curato e protetto con attenzione e che per mantenerlo ci volevano lavoro e comunicazione.

Mio Dio, Emilia e io eravamo finalmente diventati adulti?

Non arrivammo al cuore della faccenda fino a che non cominciammo a mangiare il manzo alla Wellington, abbinato a un delizioso Bordeaux.

«Allora...» Alzai gli occhi su di lei mentre mi ficcavo in bocca un pezzo di carne e cominciavo a masticare.

Emilia alzò gli occhi dal suo piatto. Era stupenda, come sempre. I lunghi capelli scuri erano sciolti sulle spalle in morbidi riccioli color mogano. L'abito blu aderente mi regalava pensieri sconci su tutto quello che avrei voluto fare dopo il dessert. E la semplice collana d'oro con il pendente di diamante che le avevo regalato a Natale scintillava al suo collo alla luce delle candele.

Inarcò le sopracciglia per invitarmi a proseguire. Quindi presi fiato e lo feci. «Riguardo a quella lista...»

Lei sbuffò. «L'ho bruciata. Nel nostro camino. E non ho paura di ammettere che mi è piaciuto vederla bruciare.»

Indicai la mia tempia. «È tutto qui, baby.»

Lei sorrise, mettendo in mostra i suoi denti bianchi e regolari. «È per quello che stavi frugando disperatamente tra la biancheria sporca per trovarla?»

Dovetti reprimere un sorriso. «La copia su carta era solo un backup.»

Emilia mi rivolse un'occhiata diffidente. «Quindi, che cosa vuoi dirmi sulla lista prima che io cambi educatamente argomento?»

«Penso che fare una lista sia una buona idea.»

Emilia fece una smorfia, arricciando le labbra. «Pensavo che ne avessimo già parlato...»

Mi pulii la bocca col tovagliolo e alzai una mano. «Ascoltami. Non ho detto *quella* lista. Quella era il frutto di una ricerca casuale su Google che ho messo insieme in un momento di panico, in poche ore, prima che mi fosse crudelmente sequestrato il telefono...» Mia inarcò le sopracciglia in segno di ammonimento. «Cioè, prima che io felicemente e volontariamente ti consegnassi il telefono.»

Lei piegò di lato la testa, pensierosa. «Okay, e allora...?»

«Penso che dovremmo fare una lista tutta nostra. Tu e io dovremmo sederci, pensarci e lavorarci insieme. Il nostro modo di ritrovarci. E una volta fatta, dovremmo impegnarci a usarla. Come hai detto, il nostro stile di vita adesso è frenetico, anche se è una cosa temporanea. Ma c'è un motivo se hai fatto quel quiz "valuta il tuo matrimonio" e io ho fatto la prima, famigerata lista per la stessa ragione.»

Mia tagliò la carne e masticò, fissando una candela. C'erano due piccole fiamme che scintillavano nei suoi occhi mentre rifletteva sull'idea.

E una volta deglutito, annuì. «Mi piace. Dovremmo farlo. La nostra lista personalizzata per ricongiungerci.»

«Okay, posso proporre la prima voce? Non togliamoci l'un l'altro i tanto necessari apparecchi elettronici...» Lasciai morire la voce con un sorriso complice.

«Eri riuscito a convincermi del tuo piano e adesso lo stai già boicottando.»

Feci spallucce. «Dovevo tentare.»

Emilia prese il bicchiere di vino e ne bevve un lungo sorso. «Noi non siamo divertite» disse in tono regalmente altezzoso.

«Sei un po' divertita, ammettilo. Ti piace torturarmi.»

Emilia aveva un sorrisino sulle labbra e un'espressione maliziosa. «O, signor Drake, se vuole che la torturi, conosco dei modi migliori.» Appoggiò sul tavolo il suo bicchiere, abbassando la voce. «Per esempio, potrei... immobilizzarla...»

Mi chinai in avanti appoggiando i gomiti sul tavolo. «Adesso hai la mia attenzione.»

«...davanti alla TV che trasmette a ripetizione *Gli ultimi Jedi*.»

Feci una smorfia, premendomi un pugno al centro del petto. «Per favore, Dio, no. Non è il tipo di tortura che voglio da te.»

La sua bocca sexy si aprì in un mezzo sorriso. «Ce ne sono altre da dove è venuta quella.»

Ridacchiai. «Fai male nel modo giusto.»

Emilia inarcò un sopracciglio. «Ovvio. *Questa è la via.*»

Ridemmo e finimmo la portata principale continuando a chiacchierare, scambiandoci idee per la lista, alcune serie, molte scherzose.

«Per favore non mettere *tenerci per mano e fissarci negli occhi* sulla lista o potrei vomitare» disse Emilia. Poi ringraziò la cameriera che sparecchiò e riempì i nostri bicchieri.

Una volta servito il dessert, una ricca panna cotta al caramello salato avvolta in una sfera di cioccolato dipinta d'oro e guarnita con crema al marshmallow, la cameriera si congedò. Prima di farlo, ci indicò la posizione del pulsante del servizio d'emergenza e il telefono satellitare, nel caso avessimo bisogno di qualcosa con urgenza. Altrimenti saremmo stati da soli per quella notte, lontani chilometri dagli altri esseri umani.

«Scherzi a parte» disse Emilia mentre guardava i resti del dessert dopo aver dichiarato che era troppo sazia per mangiarne ancora. «Penso sinceramente che una lista ideata insieme sia veramente una buona idea. Magari dovremmo avere una piccola routine, o, se preferisci, un rituale, qualcosa da fare quando torni da un viaggio di lavoro. Anche se è solo staccare e guardare un film insieme o andare a fare una lunga passeggiata e parlare. Volontariamente. Sicuri che siamo entrambi presenti. Non ho intenzione di puntare il dito sulla tua dipendenza dal telefono. Sai già come la penso al riguardo. E lo ammetto, anch'io mi seppellisco nei miei studi invece di prendermi il tempo per una semplice conversazione o qualsiasi altra cosa.»

Le presi la mano attraverso il tavolo. «Non voglio essere arrogante o compiacente, ma mi sembra che abbiamo l'inizio di un ottimo piano. Il nemico è il senso di sicurezza. Facciamo il patto di lavorarci, okay?»

Emilia sorrise e allungò la mano per prendermi l'altra sul tavolo. I nostri occhi si incontrarono e restammo lì seduti fissandoci e tenendoci per mano.

All'improvviso, lei si tirò indietro. «Porca paletta, lo stiamo veramente facendo spontaneamente? Tenendoci per mano e fissandoci negli occhi?»

Non riuscii a frenarmi. La sua espressione inorridita mi fece ridere ancora più forte.

«Okay, adesso basta con quella roba e passiamo a quella buona! Regali di anniversario.» Si strofinò le mani. Prese il sacchetto che avevamo portato con noi e appoggiò sul tavolo due regali incartati.

«Non sono sicura di riuscire a farlo tutti gli anni perché ti devo proprio dire che la mia creatività è stata sfruttata al limite cercando di capire che cosa avrei potuto regalare a un miliardario, qualcosa che non avrebbe potuto procurarsi da solo.»

Inarcai le sopracciglia ed Emilia alzò una mano come per prevenire qualunque commento da pervertito stesse per uscire dalla mia bocca. «A parte roba di sesso.» Poi agitò una mano. «Vai tu per primo. Ero così eccitata all'idea di fartelo aprire che stavo quasi per dartelo prima del tempo.»

«Beh, adesso sono curioso, anche se è un po' troppo piccolo per essere della lingerie sexy con cui sfilare per me dopo. A meno che sia ultra-succinta.»

Quando scosse la testa, sbuffò e finse di essere irritata dalle mie insinuazioni sessuali, presi il pacchetto e finsi di scuoterlo.

«Aprilo!» ringhiò Emilia, facendomi ridere.

Quando lo feci, trovai un pezzo di cartoncino spesso. Mostrava uno schizzo grezzo, con una firma in evidenza su un lato. Non era finito, e piegai la testa, studiandolo e pensando all'inizio che fosse un disegno che William aveva cominciato e non finito.

La scena, però, sembrava familiare. Due figure sedute ai lati opposti di un tavolo. Una delle due aveva una pistola sotto il tavolo, puntata sull'altra. No... Non era una pistola, era un blaster.

Di colpo, il mio livello di eccitazione schizzò alle stelle. La firma, fatta con un pennarello nero gli dava il suggello dell'autenticità.

«È...?»

«Uno schizzo originale di produzione di Han Solo e Greedo nella Cantina, da *Una nuova speranza.* Per commemorare la serissima discussione che avemmo quella notte ad Amsterdam. Ricordi?»

«Certo» dissi ridendo. «È meraviglioso. E la firma. È proprio la sua?»

Emilia era raggiante, annuì fiera, soddisfatta di se stessa. Non potevo biasimarla. Era un colpo da maestro. «Non è la prova che Han Solo sparò per primo... Una cosa che so essere molto cara al tuo cuore. Ci va abbastanza vicino però, immagino?»

Mi alzai dal tavolo e girai intorno per darle un bacio sulle labbra. «Lo adoro. È un regalo favoloso. Grazie. Lo farò immediatamente incorniciare e mettere nel mio ufficio.»

Poi spinsi la scatolina verso di lei, una piccola scatola bianca legata da un nastro rosso. «Adesso è ora che tu apra il tuo regalo.»

Capitolo
Trentaquattro
Mia

ERO MOLTO SODDISFATTA DI ME. I MEMORABILIA autentici della trilogia originale erano difficili da trovare, perfino quando si avevano i mezzi per comprarli. E, anche se quel regalo era stato pagato dal nostro conto in comune, avevo dovuto lavorare duramente per quel pezzo di cartoncino. Aveva richiesto ore e ore di ricerche per rintracciarlo. Quindi, quando ero riuscita a comprarlo, avevo provato quello che doveva essere il brivido della caccia. E adesso, vedendo la sua reazione, ero ancora più contenta.

Anche Adam aveva un sorriso compiaciuto sul volto quando spinse verso di me la scatola con il nastro rosso di Cartier.

Mordendomi il labbro, tirai il nastro e aprii la scatola. All'interno c'era un unico braccialetto rigido in oro rosa. Semplice, di classe. Bello. Non mi piacevano i gioielli troppo vistosi ma questo era proprio il mio stile. Discreto.

Feci per estrarlo per mettermelo al polso quando dalla scatola cadde un oggettino. Sembrava un minuscolo cacciavite.

«Che cos'è? Nel caso dovessi sistemarlo?»

Adam aveva un sorriso misterioso sul volto. Mmm. Nascondeva qualcosa. «Dammelo e te lo mostrerò.»

Gli passai il mini-cacciavite e lui indicò il bracciale, quindi gli passai anche quello. Era sottile e delicato e, adesso che lo notavo, c'erano quattro piccoli diamanti e quelle che sembravano viti inserite all'esterno. Perplessa, piegai la testa per studiarlo prima di rendermi conto che Adam aveva preso il piccolo cacciavite e lo stava effettivamente usando su una delle chiusure che sembravano viti.

Alzò un mezzo cerchio e mi mostrò l'iscrizione all'interno: *EKS + AD = Nat 20* e poi la data del nostro matrimonio. Nonostante non fossi un tipo molto sentimentale, e lui lo sapesse benissimo, mi vennero le lacrime agli occhi, tanto da impedirmi di vedere bene.

Avevo scritto esattamente la stessa cosa sul lucchetto che avevo appeso in cima alla Torre Eiffel quando avevamo visitato Parigi. Allora la nostra relazione era traballante. Io mi stavo ancora riprendendo dal cancro. Tutto sembrava fragile, incerto. Per quanto ne sapevo, quel lucchetto era ancora appeso là, nel bel mezzo di Parigi. Una dichiarazione d'amore.

Mi si formò un groppo in gola pensando a tutto quello che avevamo passato. Le parti buone, quelle meravigliose e anche quelle tristissime. Ma nonostante tutto, avevamo lottato e vinto. Ed eravamo un 20 naturale, quel magico termine da giocatore che indicava un tiro di dadi, il simbolo principe di vittoria dei geek.

Avevamo appena preso la decisione di non dare mai niente per scontato nella nostra relazione. Ma io avevo la certezza che, essendo riusciti a superare tempi così bui, eravamo destinati a durare per sempre.

Sbattei le palpebre e accantonai quei pensieri al tocco freddo del metallo sul mio posto. Adam aveva avvolto una delle sue mani grandi intorno alla mia, tenendola ferma. Mi accarezzò la pelle sottile e sensibile del polso e rabbrividii. Con l'altra mano, Adam strinse la vite che teneva il braccialetto intorno al mio polso.

«Nat 20...» Sorrisi. «Perché non scrivere *PWN??*»

«Noi *pwn.* Siamo il simbolo vivente della coppia giocatrice, dopotutto.»

Risi, un altro gioco tra di noi, usare uno slang popolare nel mondo dei videogiochi che significava sconfiggere l'avversario umiliandolo.

Adam diede un colpetto alla fascia di metallo sul mio polso. «L'ho scelto per il suo simbolismo.»

Risucchiai il fiato, presa dal gesto erotico di quel momento, con lui che mi teneva lì, la sua fede nuziale che brillava nella luce bassa sulla mano che mi teneva fermo il braccio. Deglutii, conscia che sentivo il polso dappertutto: in gola, in tutto il corpo.

«È un braccialetto che simboleggia l'amore» disse a bassa voce. «Si sigilla al tuo polso con un cacciavite e le viti» spiegò Adam.

«Simbolismo sottile.» Lo esaminai sul mio polso quando finì. Era elegante, bello. Adam continuava a tenermi stretto il polso e lo guardai negli occhi. Di colpo trovavo difficile respirare. Quando parlai, riuscii a sentire l'affanno nella voce. «È un tipo di manetta socialmente accettabile? Mi stai ammanettando?» Lo disse inarcando un sopracciglio.

Adam si portò la mia mano alle labbra e mi baciò il palmo e l'interno del polso senza distogliere gli occhi. «Mi stai eccitando solo parlandone.»

Mi morsi il labbro. «Allora immagino che non ci sia bisogno che mi cambi e mi metta quella cosina che ho portato con me?»

Adam mi guardò con gli occhi in fiamme e si agitò sulla sedia. «Sì. Devi *decisamente* cambiarti.»

Qualche minuto dopo, uscii dal bagno per entrare nell'elegante camera da letto, illuminata dalle candele, con l'oramai famosa lingerie Agent Provocateur che mi ero originariamente procurata per la nostra prima notte di nozze. Con le catenelle sottili e scintillanti e i piccoli medaglioni d'oro che pendevano da una struttura quasi invisibile, non copriva praticamente nulla. Era la nostra versione moderna dei bikini di maglia di ferro per cui l'avevo preso in giro tanti anni prima. La cosa che più mi aveva irritato riguardo a Dragon Epoch era diventata il nostro piccolo gioco sexy.

«Oh, accidenti.» I suoi occhi si illuminarono. «Mi stavo chiedendo quando lo avrei rivisto. Bentornato, vecchio amico.»

Con un sorriso malizioso, allargai le braccia e ruotai lentamente per lui. «Ti piace?»

«Vieni qua e ti mostrerò esattamente quanto mi piace.»

La nostra camera da letto per quella notte era dominata da un letto a baldacchino, con tanto di tende, in legno scuro e pesante. La grande finestra panoramica dava su un campo vuoto verso le montagne. Adam era vicino a quella finestra e stava guardando fuori quando ero entrata. Si era tolto la giacca e la cravatta, la camicia era in parte sbottonata.

Quando arrivai a portata di braccio, mi tirò verso di sé e le nostre bocche si incontrarono in un bacio appassionato. Lui sapeva di cioccolato e vino rosso e odorava di oceano salato e del suo profumo che era solo suo.

Il mio corpo si vegliò nell'attimo in cui la sua lingua entrò nella mia bocca e qualche secondo dopo stavamo entrambi respirando affannosamente. Ma, sorprendentemente, Adam si stacco e indicò fuori dalla finestra. «Guarda. C'è una piccola possibilità che riusciamo a vedere qualcosa stasera...»

Mi voltai tra le sue braccia, con la schiena contro il suo petto e lui mi tenne abbracciata. In lontananza, lungo la cresta delle montagne, contro il cielo, c'era un debole bagliore verde. «È...?»

«Già. L'aurora boreale.»

«Wow.» Appoggiai la testa contro la sua spalla e lui strinse le braccia intorno a me. Guardai a lungo la debole luce, godendo della sensazione elettrica della sua bocca sul mio collo, nel punto in cui si univa alla spalla. Avevo tutto il corpo in fiamme, il seno pesante, i capezzoli inturgiditi.

«Buon anno, signora Drake» sussurrò Adam mentre con la bocca sfiorava il collo arrivando all'orecchio, con le mani che vagavano libere sul mio corpo, scivolando sui fianchi e la vita per appoggiarle sul seno attraverso la lingerie. I dischi metallici premuti contro i miei capezzoli eretti crearono un'esplosione di sensazioni.

Emisi un lungo gemito e Adam si premette più vicino, con la sua erezione contro il mio sedere. Allungai indietro le braccia e gliele misi intorno al collo per tenerlo lì.

Dentro, avevo la sensazione di sciogliermi, sentivo ogni tocco, ogni bacio sull'intera superficie della pelle. Mi voltai tra le sue braccia e, tra un bacio frenetico e l'altro, finii di slacciargli la camicia bianca. Volevo sentire la sua pelle contro la mia.

«Buon anniversario, signor Drake» mormorai.

Aveva girato una vite e bloccato il braccialetto sul mio polso, ma in realtà ciò che mi teneva prigioniera era una cosa che non si poteva vedere, che non poteva essere sbloccata. La sua chiave e la mia serratura, insieme, suggellavano l'amore e l'attrazione chimica palpabile tra di noi trasformandolo in qualcosa che nessun meccanismo poteva invertire.

Poi gli tolsi i vestiti e, il più lentamente possibile, mi misi in ginocchio di fronte a lui. Gli mancò il respiro. Senza esitare presi il suo membro in bocca. Adam espirò bruscamente, irrigidendosi, gli occhi chiusi stretti. Era sempre la mia parte preferita. Adoravo vedere Adam lottare per mantenere il controllo, per vederselo inevitabilmente scivolare tra le dita. E adoravo esserne io la causa.

La mia bocca svicolò lungo il suo membro, prendendolo in profondità e la mia ricompensa arrivò alla svelta, il ringhio profondo nella sua gola. Lo sentii dappertutto, dal cuoio capelluto che pizzicava, ai brividi sulla pelle, al calore ardente in mezzo alle gambe.

Adam infilò le dita tra i miei capelli, tenendo ferma la mia testa, anche mentre cercavo di accelerare i movimenti. Lottai contro la sua presa, ma lui si staccò e, con un gesto brusco e veloce mi sollevò, fece due passi e mi gettò rudemente sul letto.

Lo fissai, scioccata e momentaneamente senza fiato. I suoi occhi scuri mi fissavano, le braccia rigide, le mani strette a pugno. «Ho bisogno di scoparti, maledizione. Non posso aspettare un altro secondo.»

Mi leccai le labbra, sorrisi e poi mi distesi deliberatamente, aspettandolo senza dire una parola, allungando le braccia sopra la testa per toccare la testiera e aprendo le gambe. Aspettai.

Adam mi percorse con gli occhi dalla testai ai piedi, lasciando una scia di fuoco dovunque passassero i suoi occhi. «Sono l'uomo più fortunato del pianeta e non mi dispiace nemmeno un po'.»

«Vieni qua» dissi, ripetendo le sue parole.

Lui alzò un dito e sparì nella stanza accanto. Io restai sdraiata a fissare il soffitto, giocherellando oziosamente con il sottile braccialetto. L'immagine di lui che me lo bloccava sul polso mi causò una fitta di eccitazione. *Magari potremmo provare le manette, una volta o l'altra.*

Adam era via da un po'... Cioè, più del tempo necessario a prendere una manciata di pacchettini di alluminio dalla borsa che avevamo portato con noi e tornare indietro. Che ca...?

Mi appoggiai sui gomiti e lo chiamai. Non era una baita così grande, dopotutto. «Perché ci metti tanto?»

Un attimo dopo, Adam apparve sulla porta in tutta la sua nuda gloria. Mmm, mio marito era favoloso. Specialmente quando era nudo. Ma l'espressione affranta sul suo viso? Un po' preoccupante.

«Che cosa c'è che non va?»

«Non riesco a trovare i preservativi.»

«Hai guardato in tutte le tasche? Quella borsa ne ha un sacco.»

Lui sospirò, passandosi la mano tra i capelli e avvicinandosi al letto. «Sì, ho controllato tutte le tasche.»

«C'è una tasca interna, chiusa con la cerniera. Hai controllato anche quella?»

«Sì. Ho detto che ho controllato tutte le tasche.»

«Potrebbero essere...»

«Ho svuotato tutta la borsa sul pavimento e frugato dappertutto, Emilia. Non ci sono preservativi.»

«Oh... Merda. Mi dispiace. Pensavo di averne gettati dentro un po'. Oppure ho solo pensato che l'avresti fatto tu. Era una giornata così folle.»

Adam sospirò. «Immagino di aver pensato la stessa cosa. Non è colpa di nessuno.»

Mi lasciai ricadere sul letto e Adam si sedette accanto a me. Gli presi la mano, intrecciando le dita con le sue. Essendo sopravvissuta a un cancro al seno ormono-sensibile, avevo la proibizione assoluta, a vita, di usare qualunque tipo di anticoncezionale a base ormonale. Questo ci lasciava solo due alternative: metodi barriera o una spirale non ormonale, che ero stata riluttante a scegliere. Non mi piaceva la seconda alternativa a causa del livello di invasività o le possibili complicazioni che poteva causare.

Adam non aveva mai detto niente riguardo alla mia decisione. Ce l'eravamo cavata bene scegliendo i preservativi.

Strinsi le dita intorno alle sue e lo tirai verso di me. «Non ne abbiamo bisogno. Possiamo fare altre cose altrettanto piacevoli.»

Lui si mosse quando lo tirai, sdraiandosi accanto a me. «Sembra interessante.» Stava sorridendo, ma riuscii a percepire una sfumatura di frustrazione. Infilò una mano sotto i dischi metallici della lingerie per appoggiarmela sulla pancia.

Ci baciammo a lungo e lentamente, con le mani che trovavano i punti dove sapevamo che l'altro amava essere toccato. Pelle che si scaldava contro la pelle. E presto il bikini di maglia metallica fu storia, un mucchietto luccicante sul pavimento. E la nostra passione stava riaccendendo quel fuoco che non si era mai veramente spento. Solo messo in pausa.

Chiusi gli occhi e non riuscii a resistere al desiderio di averlo dentro di me. Quanto volevo sentire il suo peso sopra di me. Infilai una gamba tra le sue e, tra un bacio e l'altro, mi sfuggì l'idea che si stava appena formando nella mia testa.

«Sai...» Bacio. «Potremmo sempre essere...» Bacio. «Prenderlo come un...» Altro bacio. «Un segno.»

«Un segno di che cosa?» mormorò Adam.

«Un segno che forse potremmo semplicemente essere...» Un bacio lungo, particolarmente appassionato, con lingua e denti. «Spontanei.»

«Come?»

Adam stava passando la bocca sul mio lobo, sul collo, sulla mandibola. La sua mano tra le mie gambe, che accarezzava piano. Lampi dietro le palpebre chiuse. «Facciamo sesso senza un preservativo e... vediamo che cosa succede.»

Adam si bloccò.

Un battito, due. Sembrò ricordarsi dov'era e la sua mano si mosse appena. «Vuoi dire...?»

Voltai la testa per guardarlo in faccia. «Perché no?»

Posai le mani su di lui, muovendole sul suo stomaco piatto e sodo, quegli addominali definiti che adoravo. Lo afferrai nel pugno, facendo scivolare il palmo per tutta la sua lunghezza. Lui chiuse gli occhi e risucchiò il fiato. «Stai giocando sporco.»

«Non sto giocando. Ti voglio solo dentro di me.»

«Cazzo, lo voglio anch'io»

Gli passai la bocca sul petto, mordicchiandogli dolcemente un capezzolo con il bordo dei denti. Lui infilò le mani tra i miei capelli, tirandoli. «Sei una strega, una tentatrice.»

«No, solo una donna che vuole che suo marito la scopi... forte.»

Mi stese sulla schiena con un movimento rapido e si incastrò tra le mie gambe, muovendosi sopra di me come una tempesta, sconvolgendomi i sensi con le mani, la bocca. Sentii il suo sesso che spingeva contro la mia apertura.

Si spinse dentro di me così in fretta e forte che gridai. Ma Adam sembrò non notarlo nemmeno, muovendosi con spinte violente, fameliche, affamato come lo ero io.

«Cazzo, è così bello. Oh, mio Dio, Emilia» grugnì contro il mio collo. Dentro di me, duro e rigido.

Gettai indietro la testa, con la familiare pressione che aumentava avvicinandomi all'orgasmo, il piacere che mi prendeva per la gola e mi portava con sé. Dietro le palpebre chiuse, vidi esplodere le stelle a tempo con il movimento dei suoi fianchi che premevano contro di me. Gli strinsi i fianchi con le gambe, strofinandomi forte, una chiamata e una risposta.

«Più forte. Scopami più forte» dissi roca contro il suo collo e poi, come per sottolineare il mio desiderio, gli affondai i denti nel collo. Adam mi afferrò i polsi e me li bloccò ai lati della testa e si appoggiò a loro, sospeso sopra di me per far leva. Quando lo guardai negli occhi fu come vedere quelli di un lupo affamato che fissava la sua preda.

I nostri occhi si incontrarono in quel momento e non riuscii a respirare per l'intensità del nostro legame. Di colpo, il mio corpo si arcuò contro il suo, sopraffatto dall'orgasmo che mi colpì improvvisamente con una forza che non mi aspettavo. Adam sbatté contro di me e ci fu un'esplosione di piacere che si diffuse a ondate per tutto il mio corpo.

«Adam, oh, oh, *sì*.»

E continuò. Ed ero stordita, senza fiato e tremavo sotto di lui mentre continuava con il suo ritmo instancabile, lasciando andare i miei polsi e spingendosi sulle braccia finché...

Uscì da me e, dopo un attimo, si irrigidì. Venne contro la mia coscia. Con un ruggito, lasciò uscire un lungo sospiro soddisfatto.

Sbattei le palpebre, cercando di capire come mi sentivo. Certo era stato un impulso chiederglielo. Non ne avevamo più discusso da prima del matrimonio. Ma in qualche modo, in quel momento, la possibilità era sembrata così giusta e perfino... esilarante.

Lo volevo... Sembrava fosse ora.

E anche se non ero proprio sorpresa che Adam si fosse tirato fuori, dovevo ammettere che ero delusa.

Non parlammo per un po', ci tenemmo solo stretti al buio, con i corpi sudati che diventavano freddi. Quando Adam infine rotolò via, invece di lasciare subito la stanza per evitare la discussione imminente, come avrebbe potuto fare nei primi tempi, si voltò verso di me.

«Mi dispiace» disse con la voce roca.

Mi voltai verso di lui, mettendo la mano contro la guancia ruvida. «Perché diavolo ti stai scusando con la donna che hai fatto venire così forte da farle vedere le stelle?»

Adam fece un respiro profondo, poi un altro, respirando ancora più in fretta del normale. E mi guardò, controllando ogni centimetro del mio volto. «So che cosa stavi chiedendo.»

Annuii. «Certo che lo sai. Sai come si fanno i bambini.»

Lui deglutì, poi scosse la testa. «Non posso... Cioè, non sono riuscito. Non posso essere spontaneo con questa cosa. C'è troppo...»

«Shh.» Gli premetti il pollice sulle labbra e lui lo baciò automaticamente. «Va tutto bene. Non sono arrabbiata. È stato spontaneo. Ma capisco. Chiederti di prendere quella decisione solo per divertirci perché volevi fare sesso era chiederti qualcosa che non puoi essere. Conosco l'uomo che ho sposato. So che non funzioni in quel modo.»

Lui abbassò la testa e mi baciò la tempia, poi gli occhi sotto le palpebre chiuse. «Ti amo tanto.»

«Lo so.» Risi, dandogli la vecchia risposta di Han Solo che ci divertivamo a scambiarci in passato. Mi appoggiai all'incavo del suo gomito, premendo la guancia contro il suo petto e non riuscii a scuotermi di dosso quella sensazione... Come se fare quel suggerimento impulsivo avesse aperto un vaso di Pandora di struggente desiderio dentro di me.

Gli baciai il petto. «Adam?»

«Sì?»

«Voglio veramente avere un figlio tuo. E a me sembra che siamo pronti.»

Adam soffiò il fiato sibilando. «Emilia, l'idea ti è passata per la mente un quarto d'ora fa. Come fai a...»

«È stato un suggerimento improvviso, ma è un pensiero latente da anni, sai? Sin dalla nostra perdita... Voglio veramente tentare di nuovo.»

«Ma il rischio...»

Lo guardai negli occhi, a lungo. «Prometto che sarò sempre sincera con te. E sì, il rischio c'è. Ma ci sono sempre rischi. Per chiunque. Può non essere il cancro o altro. Ma un rischio c'è sempre. È la *vita*. Adam. E io voglio viverla. Voglio avere una famiglia con te.» Gli presi la mano e la misi di piatto sulla mia pancia. «Voglio sentire tuo figlio che cresce qui. O, se non sarà possibile, costruiremo una famiglia in un altro modo. Ma voglio che diventiamo genitori perché penso che saremmo veramente magnifici.»

Un altro lungo silenzio durante il quale Adam rimase immobile come una statua. Poi mi accarezzò la guancia con il dorso delle dita. «Quando andremo a casa ci metteremo seduti e ne discuteremo seriamente.»

Mi morsi il labbro. Stava nuovamente prendendo tempo? Ma come fare a parlarne senza che diventasse uno scontro?

Adam sembrò leggermi quei pensieri negli occhi.

«Non sto accantonando l'idea. Faremo quella discussione, te lo prometto. Puoi metterla in calendario. Ma mi conosci. Ho bisogno di fare ricerche, di dati, opinioni mediche. Le pratiche migliori...»

Scoppiai a ridere. «Oh, penso che in quanto a "pratica" ce la caviamo alla grande.»

Per la prima volta da quando gli avevo proposto di fare sesso non protetto, rise anche Adam. «In quella parte siamo bravissimi, è vero.»

Misi le mani ai lati della sua testa e fissai quegli occhi scuri insondabili. Così serio. Così responsabile. Così intento a tenermi assolutamente al sicuro da ogni tipo di pericolo. «Ti amo, marito.»

Lui mi baciò con un sorriso sul volto, poi mi stuzzicò il collo col naso in un punto in cui sapeva che soffrivo il solletico. «Ti amo, Emilia. Sempre.»

«Mmm. Siamo un Nat20, non dimenticarlo mai.»

«Assolutamente» mormorò.

Non molto tempo dopo, eravamo rannicchiati sotto le coperte. Adam mi avvolse tra le braccia e lo sentii scivolare in un sonno tranquillo, con il respiro calmo e regolare. Io fissai fuori dalla finestra lo spettacoloso panorama delle montagne, godendomi la sensazione di tranquillità e sicurezza e felicità tra le braccia di mio marito.

Ne avevamo passate tante. Capivo perfettamente da dove venivano le sue paure. Ma le paure si possono affrontare e, speravo, superare.

E per me, beh, potevo solo essere eccitata pensando a ciò che avevamo davanti.

Perché, che fosse facile o difficile, noi lo avremmo dominato. E lo avremmo fatto insieme.

BIOGRAPHY

Brenna Aubrey è un'autrice bestseller di USA TODAY di romanzi contemporanei centrati sulla cultura geek.

Ha sempre cercato conforto in un buon libro e nelle storie lunghe e convolute che intesse nella sua testa. Brenna è una ragazza di città con un grande amore per la natura nel cuore. Quindi, appena può, cerca i grandi spazi verdi e aperti. È anche una mamma, un'insegnante e una geek, una francofila, un'indomita dipendente dai videogiochi, nonché un'accumulatrice compulsiva di libri.

Attualmente risiede sulla costa occidentale degli Stati Uniti con suo marito, due bambini e due adorabili golden retriever.

Ulteriori informazioni sul sito www.BrennaAubrey.it.

www.ingramcontent.com/pod-product-compliance
Lightning Source LLC
Chambersburg PA
CBHW020750190726
48285CB00006B/1970